U0959723

恐惧是探险者的伴侣，

但勇气是引领我们穿越黑暗的光芒。

阿·戈·皮姆历险记

THE NARRATIVE OF ARTHUR GORDON PYM OF NANTUCKET

THE COMPLETE TALES OF EDGAR ALLAN POE

[美国] 埃德加·爱伦·坡 著

曹明伦 译

译林出版社

图书在版编目（CIP）数据

阿·戈·皮姆历险记 / （美）埃德加·爱伦·坡（Edgar Allan Poe）著；曹明伦译. -- 南京：译林出版社，2025. 5. --（爱伦·坡小说全集）. -- ISBN 978-7-5753-0500-6

Ⅰ. I712.45

中国国家版本馆 CIP 数据核字第 20250F8Y84 号

阿·戈·皮姆历险记　［美国］埃德加·爱伦·坡 / 著　曹明伦 / 译

责任编辑　张紫毫
装帧设计　好谢翔
校　　对　王　敏
责任印制　颜　亮

出版发行　译林出版社
地　　址　南京市湖南路 1 号 A 楼
邮　　箱　yilin@yilin.com
网　　址　www.yilin.com
市场热线　025-86633278
排　　版　南京新华丰制版有限公司
印　　刷　苏州市越洋印刷有限公司
开　　本　850 毫米 ×1168 毫米　1/32
印　　张　8
插　　页　2
版　　次　2025 年 5 月第 1 版
印　　次　2025 年 5 月第 1 次印刷
书　　号　ISBN 978-7-5753-0500-6
定　　价　32.80 元

版权所有 · 侵权必究

译林版图书若有印装错误可向出版社调换。质量热线：025-83658316

目　录

序

几个月前，当我经历了后文讲述的在南半球海域和其他地方的一连串惊险奇遇后重返美国之时，一件偶然的事情使我同弗吉尼亚州里士满的几位先生有了来往，那几位先生对有关我所到之处的全部情况都颇感兴趣，并不断地鼓励我，敦促我，说我有义务把那番经历写成书公布于众。可是我有好几个理由拒绝那样去做，其中有的纯属个人原因，除我自己之外，与任何人无关。而另外几个理由则不尽然如此。

使我不敢动笔的原因之一是我在航行的大部分时间里都因为心不在焉而没写日记，所以我担心仅凭记忆非但不能详细而连贯地写出事情本来的真实面目，反而会情不自禁并不可避免地对事实进行夸张，就像我们在讲述那些能极大地唤起人们想象力的事件时所通常做的那样。另一个原因是所要讲述的事件是那么绝对地不可思议，以至我断言（除了一个有一半印第安血统的人能为我做证之外）肯定不会得到证实，所以我只能希望我的家人和那些从来就有理由相信我诚实的朋友相信我这番遭遇，而对一般读者来说，他们很可能会把我写出的亲身经历仅仅当作一篇我厚颜无耻地精心虚构的小说。不过，阻止我接受那几位先生之提议的主要原因是：我怀疑自己作为一名作家的能力。

在那些对我的讲述，尤其是关于南极海域的那部分最感兴趣的人当中，有《南方文学信使》前编辑坡先生，《南方文学信使》是由托马斯·W.怀特先生在里士满经营出版的一份文学月刊。坡先生比其他人更极力地怂恿我立即把我所看见和经历的事情全部写出来，并劝我相信读者大众的智慧和常识。他似乎颇有道理地坚持说，不管我的书在文字上会写得多么粗糙，其毫无雕饰的笨拙（如果真是那样的话）都只会更有利于让读者相信书中的事实。

虽说有他这番鼓励，可我仍然没拿定主意照他的话去做。他后来（发现我对此事无动于衷）便提出要我同意由他亲自动手，他将根据我提供的事实，把我冒险经历的开始部分用他的语言写出，并伪装成小说在《南方文学信使》上发表。我对此没表示异议，只是要求他在故事中保留我的真名实姓。于是这部假小说的两个部分就相继出现在《南方文学信使》1837年的1月号和2月号上，而为了使其看上去更像小说，在该刊目录表中该文标题的后面署上了爱伦·坡先生的大名。

这一妙计之得逞最终诱使我开始定期把我的冒险经历写出并发表。因为我发现，尽管在《南方文学信使》上发表的那一部分被坡先生（在不更改或歪曲事实的前提下）非常巧妙地蒙上了一层虚构小说的色彩，公众却全然不把它当作虚构小说来读，坡先生收到的几封读者来信都明确地表示了一种相反的确信。我由此断定我讲述的那些情况也许本身就足以证明其真实性，因此我几乎用不着担心公众会对这一点产生怀疑。

有了这番陈述，读者一眼就能看出后文中有多少我可以声称是自己的作品，同时还可以了解到由坡先生执笔的开始部分也没有歪曲任何事实。即便对那些没有见到过《南方文学信使》的读者，我也没必要指出坡先生写的部分在哪儿结束，我自己写的部分从何处开始，两种风格的差异会使人一目了然。

阿·戈·皮姆

1838年7月于纽约

第一章

我的名字叫阿瑟·戈登·皮姆。我父亲是楠塔基特镇[1]一个经营海上用品的体面商人，而我就出生在那个小镇上。我的外祖父是一名干得不错的代理人。他一生事事走运，曾在早先被叫作埃德加顿新银行的股票生意中大赚过一笔。通过买卖股票和其他一些途径，他已经积蓄了相当大一笔钱。我相信在这个世界上他最喜欢的人就是我，我有指望在他死后继承他的大部分遗产。我6岁时他就送我上了里基茨先生的那所学校，那位老先生只有一条胳臂，而且行为举止十分古怪——凡到过新贝德福德市的人几乎都知道他。我在他的学校一直待到16岁，然后上了位于山上的E. 罗纳德先生

1 该镇位于马萨诸塞州东南方楠塔基特海湾东南端之楠塔基特岛，曾为捕鲸船集聚中心。下文的埃德加顿在该镇以西约36公里处的杜克斯岛上，而新贝德福德市则在杜克斯岛东北方向约36公里的大陆上，离北方的波士顿90英里。

的专科学校。我在那儿与巴纳德先生的儿子成了好朋友。巴纳德先生是一名船长，通常受雇于劳埃德及弗雷登比赫联合公司。他在新贝德福德也是位众所周知的人物，而且我确信他在埃德加顿有许多亲戚。他儿子名叫奥古斯塔斯，差不多比我大2岁。他曾随他父亲驾驶的“约翰·唐纳森号”去参加过一次捕鲸航行，所以他老是给我讲他在南太平洋的惊险奇遇。我常常随他一道上他家去，并且整天整天地待在那里，有时甚至在那儿过夜。这种时候我俩就睡在一张床上，而他肯定会让我夜里大半的时间都睁着眼睛，听他讲提尼安岛上土著人的故事，还有他旅行中在其他地方的见闻。最后我终于情不自禁地对他所讲述的一切产生了兴趣，并慢慢地感觉到了一种想去海上航行的强烈欲望。我有一条大约价值75美元的帆船，船叫“爱丽儿号”。它有半个舱面，或者说有一个小舱，而且有一条单桅船的全部装备——我现在已忘了它的吨位，不过它载上10个人也不算太拥挤。于是我们习惯了驾着那条小船进行这世界上最疯狂的航行，而当我现在回想起来，似乎觉得我还活在世上真是一个奇迹。

我愿意讲一讲那样的一次冒险，以此作为一个更长而且也更重要的故事的引子。一天晚上，巴纳德先生家举行了一个聚会，而当聚会接近尾声之时，奥古斯塔斯和我都已酩酊大醉。在这种情况下，我同往常一样没有回家，而是睡在了他的床上。如我所料，他一倒下就一动不动地呼呼大睡（聚会结束时已经快到凌晨1点），而对他平时最爱谈的话题只字未提。大约在我们躺下半个小时之后，当我模模糊糊正要入睡之时，他突然从床上惊跳起来，诅咒发誓说，在有这么好的西南风的夜晚，即便是为了基督教世界的任何阿瑟·皮姆他也没法入睡。我从来没感到过那么惊讶，不知道他的话是什么意思，心想可能是他酒性发作，在说胡话。然而他的语气开始平静下来，说他知道我以为他喝醉了，可其实他比任何时候都更清醒。他还补充说，他仅仅是因为累了才在这么好的夜晚像条狗似的躺在床上，而他现在已决定下床穿衣，并要驾那条小船到海上去乐乐。我现在也说不清楚当时是中了什么邪，反正他话音刚落我马上就感到了一阵说不出的激动和喜悦，并认为他那个疯狂的念头是天底下最让人高兴、最合情合理的想法。当时的风几乎已达到疾风的强度，而且天气非常寒冷——因为那是在10月末。然而我却心醉神迷地跳下床，对他说我绝对和他一样勇敢，我像条狗似的躺在床上也完全是因为太累，而且我非常愿意像楠塔基特的任何奥古斯塔斯·巴纳德一样去海上玩一玩，或者说乐一乐。

我俩立即穿好衣服，匆匆来到了船边。船停泊在潘基公司木料场旁边那座已经腐朽的旧码头，船舷正猛烈地撞着一根根粗糙的圆木。奥古斯塔斯跳进船舱开始往外戽水，因为水已淹了半个船舱。戽干水后，我俩满满地扯起了船首三角帆和主帆，并冒冒失失地开船出港。

如我刚才所说，风强劲地从西南方刮来，夜晚晴朗而且寒冷。奥古斯塔斯把住舵，而我则站在舱面的桅杆旁边。船以极快的速度飞驶，自解缆离开码头后我俩谁也没说过一句话。这时我问我的伙伴他打算去哪儿，他认为我们什么时候能够返航。他吹了好几分钟口哨，然后才粗声粗气地对我说："我要去海上。你要是认为不合适你可以自个儿回去。"我掉头盯着他，尽管他表面上显得若无其事，可我一眼就看出他内心正躁动不安。凭借着月光我能把他看得清清楚楚——他的脸看上去比大理石还苍白，他的手抖得很厉害，几乎把不稳舵柄。我发现事情有点不对劲儿，不由得开始感到惊慌。当时我对驾船还懂得不多，每次出海都全靠我朋友的航海技术。而且当我们正急速脱离陆地的庇护之时，风力突然大大加强，可我羞于表露内心的恐惧，所以差不多有半小时我坚持着一声没吭。但我最后终于忍不住了，便告诉奥古斯塔斯还是往回开为妙。和刚才一样，几乎过了一分钟他才给我回答，或者说才理会我的建议。“这就回去，”他终于说道，“时间够了，这就回家。”我期望的正是这种回答，可他说话的那种语调却让我心中充满了一种莫可名状的恐怖。我再次仔细地打量他。他的嘴唇完全发青，他的双腿直打哆嗦，仿佛他几乎已站立不住。“看在上帝的分上，奥古斯塔斯，”我这下心惊胆战地失声喊道，“你到底怎么啦？出了什么事？你想干什么？”“出事！”他结结巴巴地说，脸上显出极度的惊异，同时松开舵柄朝前一头倒在了舱底。“出事！呃，没出事——回家。你——你——你难道没看出？”这下我一切都明白了。我冲过去把他扶起。他真醉了，烂醉如泥。他这时既站不起来，不能说话，也看不见什么。他的两眼呆滞无光，而当我在极度绝望中松开他时，他就像一根木头重新又滚进舱底的积水中。显而易见，那天晚上他一直醉得远比我想象的厉害，而他在床上的那番举动则是一种酕醄状态之结果——这种状态就犹如癫狂一样，往往能使醉者模仿其神志清醒时的外部表现。但是晚风的寒冷发挥了它通常的作用，他的模仿意识被冷风吹散，而他在神志混乱中对自身危险处境的感知则无疑加速了这最后的结果。他这时已完全不省人事，而且在几个小时内不可能醒来。

很难想象我当时那阵极度的恐惧。刚才为我壮胆的几分酒意已经消失，留给我的是双重的惊骇和不知所措。我知道自己完全没有驾驭那条船的能力，也知道狂风巨浪正在把我们驱向毁灭。一场暴风雨显然正在我们身后集聚，我们既没有罗盘也没有给养。而情况非常清楚，如果我们继续保持航向，那不等天亮我们就会驶进看不见陆地的深海。这些想法和其他一些同样可怕的念头，飞快地在我脑海中不断闪过，一时间吓得我全身瘫痪，根本不可能采取任何措施。此时小船正顺着风以一种可怕的速度朝前疾驶，三角帆和主帆都鼓得满满的，船头完全被涌起的浪花覆盖。令人惊奇的是它居然没被风打横而面临倾覆——我刚才已说过奥古斯塔斯已经松开舵柄，而我则吓得一直都没想到自己应该去把住舵。幸亏船自己保持了原来的方向，而且我也慢慢地多少恢复了镇静。但是风力仍在不断地加强，船头每次在朝前颠簸中翘起，后面的海浪就涌过船尾突出部，把我俩浇得浑身湿透。我的手脚都冻得发麻，几乎已经失去知觉。最后我终于鼓起勇气决心孤注一掷。于是我冲向主帆，忽然松开了帆索。不出所料，帆篷飞过船头，被水浸湿，猛然将桅杆拉断，掉进了水中。正是桅杆断落使我免于立即葬身大海。现在我只凭三角帆顺风而行，汹涌的波涛仍不时打上船尾，但船暂时已没有马上倾覆的危险。我把住了舵柄，当我看出我们尚有一线生机，不由得大大松了口气。奥古斯塔斯仍昏迷不醒地躺在舱底，见他随时有被淹死的危险（因为他躺的地方积水差不多已有1英尺深），我设法将他扶起，让他保持坐姿，用一根绳子缠在他腰部，然后把绳端拉紧捆在了甲板上的一颗环端螺栓上。在冷得发抖的情况下尽我所能弄好一切之后，我就把自己托付给了上帝，决心以我的坚忍不拔来承受可能发生的任何事情。

我刚刚横下这条心，就突然听见一阵尖叫，这阵像是从上千个魔鬼喉咙里发出的呐喊声仿佛响彻了小船周围的四面八方。我今生今世绝忘不了我在那一瞬间所体验到的无以复加的恐怖。我只感到毛发倒立，血液凝固，心脏完全停止了跳动，我还来不及抬眼搜寻一下使我恐怖的缘由，就已经不省人事地一头栽倒在我朋友身上。

醒来时我发现自己在一条巨大的捕鲸船（“企鹅号”）的舱内，几个陌生人站在我身边，面如死灰的奥古斯塔斯正在忙着搓热我的双手。见我睁开眼睛，他高兴得发出谢天谢地的呼喊，惹得那几个相貌粗鲁的人也禁不住呵呵大笑并热泪盈眶。我们死里逃生的经过很快就得到了解释。原来正是这艘捕鲸船撞翻了我们的小船，它当时为了避风而改变航向，利用它还敢扯起的大小帆迎着侧面风驶向楠塔基特，于是它前进的方向几乎与我们的航向形成直角。有几位水手在前瞭望台上，可当他们发现我们的小船时，相撞已不可避免，他们发出的警告声就是吓得我要命的那阵尖叫。他们告诉我，当时大船压过小船就像我们的小船压过一片羽毛那样轻松，船上的人丝毫没感觉到船下有阻碍物——只是当脆弱的小船被吸入大船底并顺着其龙骨擦过之时，他们从风的怒吼和大海的咆哮声中听到过一阵轻微的摩擦声，仅此而已。以为我们的小船（必须记住它已经折断了桅杆）不过是一块顺水漂浮的没用的沉船碎片，船长（康涅狄格州"新伦敦号"的E.T.V. 布洛克船长）决意保持原航向前进，没把这件小事放在心上。幸运的是有两位瞭望的水手发誓说他们看见小船上有个人把舵，并说还有救起他的可能。于是船上发生了一场争论，争论中布洛克船长生气说：他的职责不是盯着水中的鸡蛋壳；他的船不能为这种毫无意义的情况而掉转船头；如果真有一个人被撞下水，那他也是活该，这不是任何他人的错——他应该被淹死而且必死无疑。或者船长那番话与这大同小异。这时大副亨德森站出来干预此事，他像船上所有的水手一样，对布洛克这番既无情又卑鄙的话感到义愤填膺。眼见大伙儿都支持他，他便直率地告诉船长，他认为自己很想尝尝绞架的滋味，所以他即便一上岸就被吊死，现在也要违抗他的命令。说完他大步走过去，用肘把脸色苍白、一声不吭的布洛克推到一边，自己紧紧地抓住舵轮，并用坚定的声音下令转向。水手们迅速各就各位，大船很快就掉转了船头。这一切花了差不多5分钟，应该说即使刚才小船上有人，那他现在几乎已没有生还的希望。但正如读者所看到的，奥古斯塔斯和我都双双获救。我们之所以得救似乎是由于两个令人难以置信的偶然，而明智者和虔敬者则把这种幸运的偶然归于上帝的保佑。

当捕鲸船还在掉头时，那位大副已放下船上的小艇并跳入其中，随他上小艇的还有两名水手，我想就是那两位发誓说看见我掌舵的水手。当时月光依然皎洁，他们刚把小艇划离大船的背风面，大船就猛烈地颠簸着朝迎风面倾斜，亨德森见状呼地一下从小艇座位上站起身，高声喊叫要他的水手们立即倒舵。他不可能再说别的，只是焦急地不断高喊：倒舵！倒舵！大船上的人尽快把舵倒回原来位置，但此时船已经掉过了船头，完全恢复了进航速度，尽管船上所有的人一直在竭尽全力收帆停船。当大船朝小艇冲过来时，大副不顾危险伸手抓住了主锚链。这时又一次猛烈的倾斜使大船右舷几乎完全露出水面，而他的焦虑也显露无遗。他看见一个人的躯体以一种最奇特的方式贴在光滑闪亮的船底（“企鹅号”用铜板包底并加固），随着船的颠簸猛烈地撞击着龙骨。他们趁大船船身的一次次倾斜进行了好几次努力，最后冒着小艇沉没的危险终于把我从绝境中救出并送上了大船——因为那副躯体原来就是我。好像是有颗船骨螺栓向外突出并穿透了铜板，我顺着船底滑过时正巧被它挂住，于是便以那种非常奇特的方式贴在了船底。螺栓头划破了我身上那件绿色粗呢夹克衫的领口，划破了我的后颈，然后从我右耳下的两根肌腱之间划过。尽管我看上去已经毫无生气，可他们仍然立即把我放到了床上。船上没有医生。然而船长给了我无微不至的照料——我想他是要将功补过，要在他的船员面前为他先前那番恶劣的态度赔罪。

虽然此时风力已几乎加强到了飓风的程度，可亨德森的小艇又划了出去。他刚划出去几分钟就碰上了我们那条小船的一些碎片，接着同他一块儿的一名水手又宣称，他间或能从呼呼的风声中清楚地听到呼救的声音。这一断言使那几位勇敢的水手坚持搜寻了半个多小时，尽管布洛克船长不停地发出信号要他们回来，尽管那么脆弱的一艘小艇每时每刻都有被风浪掀翻的危险。事实上很难想象他们那只小艇怎么会没在惊涛骇浪中沉没。不过那毕竟是一艘专为捕鲸而建造的小艇，正如我后来一直有理由认为的那样，它肯定是照威尔士海岸某些救生艇的样式装有分隔充气箱。

在毫无结果地搜寻了刚才所说的半个多小时之后，小艇决定返回大船。可他们刚刚拿定主意，就听见从小艇旁边急速漂过的一团黑乎乎的东西上传来一声微弱的呼叫。他们跟随并追上了那团东西。原来那是“爱丽儿号”的整个舱面甲板。奥古斯塔斯正在甲板附近的水中挣扎，而且显然是垂死挣扎。他们抓住他时发现他被一根绳子拴在漂浮的甲板上。读者应该记得我曾把这根绳子缠在他腰部，并把绳子的一头固定于一颗螺栓，当时是为了使他保持坐姿，可现在看来，我那样做正好保住了他的性命。“爱丽儿号”造得并不结实，下沉时船身自然裂成碎片。可以想象，涌进小舱的海水使舱面甲板脱离了船体，甲板（无疑和其他碎片一道）浮出水面，奥古斯塔斯也随之漂浮，从而逃脱了可怕的死亡。

被救上“企鹅号”一个多小时之后，他才能开口讲自己的情况，或是从水手们口中了解我们的小船到底出了什么事。最后他终于完全清醒，并详述了他在水中的感受。原来当他刚开始恢复意识之时，他发现自己在水面以下，正以难以想象的速度飞快旋转，一根绳子在脖子上紧紧地绕了好几圈。随之他突然觉得自己迅速上浮，头重重地撞上一个硬物，他又一次失去了知觉。再度苏醒时，他神志比先前更清醒，但仍旧处于一种极度茫然的状态之中。他当时知道肯定是出了什么事，也知道自己是在水中，尽管他的嘴露在水面之上，能够比较自由地呼吸。这时候甲板很可能是顺着风急速漂动，把仰面浮在水上的他拽在后边。当然，只要他能保持这一姿势，那他几乎就没有可能被淹死。不一会儿，一个浪头直端端地把他抛上了甲板。他竭尽全力让身子贴在甲板上，并趁此机会不时大声呼救。就在他被亨德森先生发现之前，他因精疲力竭而不得不松手重新跌入水中，完全放弃了获救的希望。在他这番挣扎的全过程中，他丝毫没想到什么“爱丽儿号”，也没有想到任何与他遭难的根源相关的事情。一种朦胧的恐怖和绝望之情占据了他的整个大脑。当他终于被救起之时，他脑子里几乎是一片空白。正如前文所说，差不多过了一个小时他才完全恢复意识。至于我自己，（他们在整整 3 个半小时内徒然地尝试了各种各样的方法之后）奥古斯塔斯建议用法兰绒蘸上热油使劲儿擦我的身子，这才使我从一种近乎于死亡的状态中苏醒过来。我脖子上的伤口虽说难看，但伤势并不十分严重，所以不久就痊愈了。

在遭遇了楠塔基特海面那场少有的大风之后，“企鹅号”大约在上午9点驶进了港口。奥古斯塔斯和我设法在早餐前赶回了巴纳德先生家。幸亏聚会结束得晚，因此那天的早餐时间也稍稍推迟。我猜想餐桌旁所有的人都很累，所以都没有注意到我俩疲惫不堪。当然，我俩那副模样肯定经不住细看。不过学生在欺瞒方面往往能创造奇迹，而且我深信，当我们楠塔基特的那帮朋友在镇上听一些水手讲他们在海上撞沉了一条船并有三四十个可怜家伙淹死的时候，他们中没有一个人会疑心那个可怕的故事与“爱丽儿号”或者与我和奥古斯塔斯有什么联系。那天之后，我俩倒经常谈起这件事，不过谈的时候总禁不住浑身发抖。在我俩的一次谈话当中，奥古斯塔斯坦率地向我承认，他一生中最恐怖最痛苦的时刻就是那晚在小船上，他最初发现自己不胜酒力并感到就要支撑不住时的那短短一瞬。

第二章

对于任何仅仅出于偏见而赞成或反对的事，我们均不可断然做出推论，即便所依据的是最简单明了的论据。或许有人会认为我刚才讲的那样一次遇险将有效地平息我向往大海的激情。可事实恰恰相反，在我们奇迹般地获救一星期后，我反而更加强烈地感到了一种对航海者冒险生活的渴望。这短短的一个星期结果却长得足以抹去那次遇险留在我记忆中的阴影，并在我脑子里产生出令人欣喜激动的斑斓色彩，显现出一幅幅生动形象的画面。我与奥古斯塔斯的谈话变得更加经常，而且更加充满兴趣。他用一种独特的方式讲述他那些航海故事（我现在怀疑他的故事有一大半纯属虚构），那种方式很对我的胃口，最能对我充满热情、富于幻想但多少有点忧郁的性格产生影响。而且奇怪的是，他越是把他那些痛苦绝望的时刻描述得恐怖，就越是激起我对水手生活的神往。我对那幅图画的光明一面少有同感。我总是梦见沉船、饥饿、死亡或被野蛮人俘虏；梦见在某个难以到达且无人知晓的大洋里，在某座阴沉而荒凉的岩岛上，在痛苦与忧伤中熬过一生。从那时起我就一直确信，这样的梦幻，或者说这样的梦想——因为它们相当于梦想——非常普通，如同人世间数不清的种种忧郁。当时我认为它们只是在隐隐约约地预示我的命运，而我多少感到自己必定要去应验这种预言。奥古斯塔斯完全理解我这种心理状态。实际上，我俩的亲密无间很可能已经使我俩的心灵产生了交感。

大约在“爱丽儿号”出事一年半之后，劳埃德及弗雷登比赫公司（一家与利物浦的恩德比父子公司有某种联系的合伙商行）开始为一次远航捕鲸而修理和装备“逆戟鲸号”双桅横帆船。该船早已经老掉了牙，无论怎样修理装备也很难适于远航。我简直弄不懂它怎么会优先于那家公司的其他好船而被选中，可情况就是如此。巴纳德先生被任命为该船船长，而奥古斯塔斯准备随父亲一道出海。在那艘船修理装备期间，他不断地向我指出这是一次千载难逢的机会，极力怂恿我趁此良机实现自己出海旅行的愿望。他发现我对他的话绝非无动于衷，可那毕竟不是一件很容易安排的事。我父亲没表示明确反对，但我母亲一听这事就大发歇斯底里；而更要命的是，我寄予了很大希望的外祖父也坚决反对，发誓说我要是再提出海的事，他就将剥夺我的继承权。然而这些困难非但没有熄灭我的欲望，反而起到了火上浇油的作用。我决心无论如何也要去远航。在把这一决定告诉了奥古斯塔斯之后，我俩便开始构思一个切实可行的计划。与此同时，我在家人和亲戚面前都闭口不提航行的事，加之我表面上埋头于我的日常功课，所以他们都以为我已经打消了出海的念头。后来我常常怀着不快和惊异的心情来审视我在这件事上的做法。我为了达到个人目的而利用的那种虚伪（一种在我生命中那么长一段时间内充斥于我一言一行的虚伪）之所以能被我容忍，仅仅是因为我胸中有一个熊熊燃烧的希望，我希望去实现那些我久久珍藏于心中的旅行梦幻。

按照我的欺瞒计划，我不得不把许多事都留给奥古斯塔斯去处理，他每天的大部分时间都在“逆戟鲸号”船上为他父亲照料大小舱内的各种事情。可到了晚上我俩肯定会聚在一起，共同商谈我们的计划。就这样过了差不多一个月，我们还未制订出任何有可能成功的方案，但有一天他终于告诉我，他已经做好一切必要的安排。我有一位姓罗斯的男性亲戚住在新贝德福德,我一直习惯于间或去他家住上两三个星期。“逆戟鲸号”定于6月中旬起航(1827年6月),我们商定在该船起航前的一两天内,我父亲必须像往常一样收到罗斯先生捎来的一张便条,邀请我去他家与罗伯特和埃米特(他的儿子)同住两个星期。奥古斯塔斯自告奋勇地承担了写信和送信的任务。届时我假装去新贝德福德,可实际上去会我这位朋友,他将设法在“逆戟鲸号”船上替我安排一个藏身之处。他向我保证,那个藏身之处会非常舒服,我可以在里面住上好些天,因为在那期间我不能在船上露面。他说,等船开得够远,以至不可能考虑送我回来的时候,我就可以正式地住进舒适的船舱。至于他的父亲,他只会为这个玩笑而大笑一阵。在海上会碰到许多驶回楠塔基特的船,可以捎封信回家向我父母说明情况。

6月中旬终于来到,计划中的一切都已成熟。便条写好并且被送达。一个星期一的早晨,我离家假装去乘驶往新贝德福德的邮船。然而我径直去找奥古斯塔斯,他正在一条街的拐角处等我。按原计划我本来应该躲到天黑,然后再偷偷溜上那艘双桅船,但当时老天作美起了一场大雾,于是我们决定我立即上船藏起来。奥古斯塔斯带路走向码头,我跟在他身后不远之处,身上裹着他带来的一件厚厚的水手斗篷,以防被人轻易地认出。可当我们转过第二个拐角，并经过爱德蒙先生那口井后，一个人突然站在了我跟前，直端端地盯住我的面孔，此人不是别人，正是我的外祖父老彼德森先生。“哦，天哪，戈登！”他愣了好一阵才开口，“哟，哟，你把谁的脏斗篷披在身上？”在此紧要关头，我装出一副又生气又吃惊的样子，用所能想象的最粗暴的语气答道：“先生！你认错人了。首先我的名字压根儿不叫什么戈丁，而且我想让你这个恶棍看看清楚，别再把我的新大衣说成是脏斗篷！”看见老先生被训斥时那番古怪的举止，我差点儿没有笑出声来，但我终于拼命忍住了。他一开始惊得往后倒退了两步，脸上先是一阵发青，随之又变得通红，接着他把眼镜凑到眼前，然后将其放下，抡起他那把雨伞向我猛冲过来。可他冲了一半又骤然停步，仿佛是突然想起了什么。最后他转身顺着那条街蹒跚而去，一路上气得浑身发抖，嘴里喃喃自语道：“不中用，新眼镜不中用，以为那是戈登。浸过水的大炮不顶用。”

经过这场惊险遭遇，我俩更加谨慎地继续前行，最后终于平安抵达码头。“逆戟鲸号”甲板上只有一两个人在船头干活儿。我们知道巴纳德船长此时正在劳埃德及弗雷登比赫公司那边忙活，而且会在那里待得很晚，所以我们对他一点不担心。奥古斯塔斯首先登上船的一侧，随之我也在没被干活儿的人察觉的情况下跟着他上了船。我俩立即进入主舱，发现里边空无一人。舱内装修得非常舒适，这对一艘捕鲸船来说多少有点不寻常。那儿有 4 间十分漂亮的卧舱，均装有宽敞舒适的铺位。我还注意到舱内有一个大火炉，而且主舱和卧舱的地板上都铺着一种价格昂贵的极厚的地毯。天花板足足有 7 英尺高，总而言之，一切都显得宽敞舒适，远远超出了我的预料。可是奥古斯塔斯只允许我参观了一小会儿，他坚持说我必须尽快地藏起来。我由他领着进了他自己的卧舱，那间舱房位于船的右舷，与防水隔舱只有一墙之隔。进舱后他立即关上门并将其闩上。我想我从来没看见过那么漂亮的一个小房间。它大约有 10 英尺长，只装有一个铺位，如我刚才所说的一样宽敞舒适。在紧靠隔舱的那个角落有一块 4 英尺见方的空间，那里安着一桌一椅，还有一排装满书的吊架，架上的书大多关于航海和旅行。舱内还有许多其他的小设备，其中我不该忘记的是一个类似冰箱的食品柜，奥古斯塔斯让我看了里边的一大堆好东西，既有吃的又有喝的。

这时他在刚才所说的那块空间俯下身去，用手指摁了一下角落里地毯边的某个位置，让我知道那儿有一块约 16 英寸见方的活动地板。随着他手指一压，活动地板靠墙的一边翘开一条缝，足以容他伸进手指。他就这样打开了那道暗门（此时地毯依然被平头钉固定在启开的活板上），我发现从那里可通往船后底舱。接着他划燃一根火柴，点上一支小蜡烛，并将蜡烛放进一盏遮暗的提灯，然后他举着灯钻进暗门，吩咐我紧紧跟在他后边。我下去后他利用钉在活板下的一颗钉子，将活板重新置于原来位置——地毯当然也恢复了它本来的模样，从上面舱内绝对看不出丝毫动过的痕迹。

烛光太暗，我十分吃力地摸索了一阵才发现我穿行在一大堆乱七八糟的杂物之间。不过我的眼睛逐渐适应了阴暗，这下我不太吃力地拉着我朋友的衣角跟着往前走。经过了许多弯弯曲曲的通道，他最后把我领到了一口包有铁皮的箱子跟前，就像有时用来装精美陶器的那种箱子。它差不多有 4 英尺高，足足有 6 英尺长，但很窄。箱顶上放着两个空油桶，油桶上面是一大堆草席，草席一直堆到舱顶。箱子的四周也尽可能地堆满了杂物，甚至也高高地堆到底舱顶板，船上的各种设备几乎无所不有，另外还有许多条板箱、备用船具、木桶和货包，以至我们居然能找到通往这个箱子的路似乎都令人不可思议。我后来才知道奥古斯塔斯是故意这样安排的，把杂物统统都堆进这个底舱，以便为我提供一个安全的藏身之处，他安排这事只用了一个人帮忙，而那个人从来不下船。

此时我朋友向我示范那个箱子的一端可随意移动。他将其滑开让我看里面，这一看顿时让我乐了。一床从舱铺上取来的垫褥铺过了整个箱底，箱内几乎有那么小一个空间内所能塞下的各种使人舒服的物品，同时又留有足够的地方供我安歇。我可以坐在里边，也可伸直身体躺下。那堆物品中有一些书籍,有纸笔墨水，有三条毯子，有一大罐淡水，有一小桶饼干，此外还有三四节博洛尼亚红肠、一大块火腿、一只烤羊腿以及五六瓶甜酒和烧酒。我马上就钻进了这个属于我的小房间，我敢说，当时我那种满足的心情不亚于一位君王搬进他新建的宫殿。奥古斯塔斯接着又教我关闭箱子的方法，然后把提灯凑近地板，让我看一根铺在地板上的细绳。他说这根绳子从我的藏身之处绕过杂物间所有不可避免的弯弯拐拐，一直伸延到他卧舱暗门下一颗钉在底舱甲板上的钉子处。顺着这根绳子我无须他引导也能自己找到出路，假若有什么意想不到的情况需要走那一步的话。交代完这些他便向我告辞，留下了那盏提灯和足够的蜡烛火柴，并保证只要能抽身他一定常下来看我。那天是 6 月 17 号。

我在底舱一待就是三天三夜（与我能猜测的相差

无几），其间我几乎没钻出过那口箱子，只有两次我站到与箱子开口那端相对的两个条板箱之间伸展胳膊腿儿。3 天里我没见过奥古斯塔斯一眼，但这并没有引起我的不安，因为我知道这艘双桅船随时都会起航，而在开船前的忙碌中他不容易找到机会下来看我。最后我终于听到了暗门打开又关上的声音，不一会儿就听见他压低嗓子招呼我，问我是否一切都好，是否还需要什么东西。“啥也不要，”我回答说，“我在这儿舒服极了，什么时候能开船？”“半小时内就要起航。”他回答，“我来就是想让你知道，以免你会担心我没上船。我可能有一阵子没法下来，大概又得三四天。现在上边一切都很顺利。对啦，等我上去并关好暗门后，你务必顺着这根绳子去钉着那颗钉子的地方，注意别弄出声响。你会在那儿发现我的怀表，它对你会有用，因为你在这儿没法根据日光判断时间。我猜你肯定说不出你已经被藏了多久——只有 3 天，今天是 20 号。我本该回头把表给你送来，可我担心我离开太久会被人发现。”说完这话他就上去了。

他上去大约一小时之后，我明显地感觉到了船在开动，不由得暗自庆幸我终于开始了一次真正的航行。为此我感到十分满足，并决定尽可能安下心来，静候允许我露面的那个时刻，到时我将从这个箱子搬到虽不会更舒适但更宽敞的卧舱去住。我这下首先想到的是去取回那块表。提灯里的蜡烛在原处燃着，我顺着那根绳子在阴暗中摸索，在迂回曲折的通道间穿行，有时我发现在费力地绕过一长段距离之后，自己反倒比先前的位置靠后了一两英尺。不过我终于看到了那颗钉子，并带着那块表安全地返回了我的藏身之处。这时我大致看了看那些为我精心准备的书，并从中间挑出了一本，是关于刘易斯和克拉克横越北美大陆直抵哥伦比亚河口的那次探险。我饶有兴趣地读了一会儿书，后来我感到困倦，便小心翼翼地灭了灯，不一会儿就进入了酣睡状态。

醒来时我觉得脑子里一片混乱，过了好一阵我仍处于茫然之中。但我终于慢慢地回想起了一切。划燃一根火柴看表，可发现指针已停止走动，因此我没法确定我这一觉睡了多久。我感到手脚发麻，不得不站到条板箱之间舒展一下四肢，饥肠辘辘使我想到了那块烤羊腿，睡觉之前我已经吃了一部分，觉得味道挺不错。可当我发现羊肉已完全腐烂变质，我真说不出有多惊讶！这一情况使我感到极其不安，因为联想到我醒来时脑子里那阵混乱，我开始认为我那一觉肯定是睡得太久。这说不定与舱底空气不流通有关，而污浊的空气到头来也许会产生更严重的后果。我头疼得厉害，呼吸也觉得困难，总之，一阵忧闷之情使我感到了压抑。可我仍然不能冒险去打开那道活门，或是用其他方式去自讨麻烦，于是我上紧表的发条，尽可能地使自己安于现状。

接下来的24小时特别沉闷，没有任何人来打破这种单调，我禁不住开始责怪奥古斯塔斯太粗心大意。我最大的不安是罐子里大约只剩下半品脱淡水，烤羊腿坏了之后我不吝惜地吃了那几节博洛尼亚红肠，此时正感到口干舌燥。我变得越来越心神不定，再也没有心思读书。而且我当时极想睡觉，可一想到沉睡又不寒而栗，唯恐舱内不流通的空气中会有什么有害气体，就像燃烧的木炭排放的那种致命烟雾。与此同时，船身的摇晃告诉我船已行驶在远海海面，而一阵像是从远方传来的隐隐约约的嗡嗡声使我确信，海面上正刮着一场非同寻常的大风。我实在想不出奥古斯塔斯有何理由一直不来底舱。我们肯定已走得够远，他早该允许我上去露面。说不定他遇到了什么意外，可我难以想象什么样的意外能使他容忍让我在舱底关这么久，除非他突然死去或是掉进了大海，而对这一点我不能去细想。有可能是我们遇上了顶头风，船还在楠塔基特附近。然而我不得不排除这种想法，因为若是那样，船就必然会不住地掉头转向，可是从船身始终朝左舷倾斜来看，我确信它一直是利用稳定的右舷风在朝一个方向航行。而且，如果我们真的还在楠塔基特岛附近转圈儿，那奥古斯塔斯为何不来告诉我这一情况？考虑到我所面临的困难和孤独沮丧的心境，我决定再耐着性子等 24 小时，假若到时我朋友还不来，我就要自己去掀开那块活动地板，争取能和我的朋友交谈一会儿，或至少可以呼吸几口新鲜空气，并从他的卧舱补充淡水。然而，当我正在考虑这个想法，尽管我拼命撑着不闭眼睛，我最终还是进入了一种沉睡状态，更准确地说是陷入了一种恍惚之中。我的梦境充满了最可怕的景象。各种灾难与恐怖相继降临。我忽而被一群青面獠牙的魔鬼用枕头捂得透不过气来；忽而一群巨蟒把我缠住，它们闪着凶光的眼睛直逼我的脸；忽而我跟前展现出最令人绝望、最使人生畏的无边无际的荒原；忽而在我的视野内高高竖起一根根一眼望不到头的灰蒙蒙、光秃秃的树干。这些树干的根隐藏在横无际涯的烂泥潭中，泥潭中凄迷的死水冥冥如墨，令人惊魂。而那些奇怪的枯树仿佛被赋予了人类的生命，它们不停地摇晃着骷髅般的枝丫，在极度的痛苦和绝望中用最凄厉的声音在呼唤那潭死水的怜悯。场景变幻，我赤身裸体、孤零零地站立在火热的撒哈拉大沙漠，脚下蹲伏着一头凶猛的非洲雄狮。

突然，狮子睁大眼睛瞪住我，呼地一下站起身，张嘴露出一口利牙。接着从它的血盆大口中发出一声惊雷般的怒吼，我顿时吓得昏倒在地上。在恐怖中窒息了好一阵，我终于慢慢苏醒过来。这么说，我的梦原来并不是梦。此时我已经恢复了知觉。一头真正的巨兽正把它的前爪重重地踏在我胸上，它热乎乎的气息喷在我身边，它可怕的白牙在黑暗中闪烁。

即便当时我挥一下手或说一句话就能够逃命，我也没法动弹一下或哼哼一声。不管那是头什么野兽，它就保持着那个姿势而没有打算马上把我撕碎，而我则完全绝望，像死了一般躺在它的身下。我感觉到自己的体力和智力都在迅速地消失。一句话，我因为极度的惊恐而正在死去。我头发晕，心发腻，眼发花，甚至连巨兽那双发亮的眼睛也变得暗淡。我鼓起最后的一点力气，终于微弱地呼唤了一声上帝，然后就等着死亡降临。我的声音似乎激起了那头野兽潜在的凶猛。它这下把整个身子压在了我身上,可令我惊讶的是，随着一声长长的低声哀鸣，它开始热切地舔我的脸和手，充分地流露出它内心的无限喜悦和一腔柔情！我感到迷惑，我感到惊奇，但我不可能忘记我那条名叫“虎”的纽芬兰犬所独有的叫声，不可能忘记我所熟悉的它抚爱我的奇特方式。是虎！我顿时感到热血涌上脑门，一种绝处逢生的获救意识使我一阵眩晕。我急切地从褥垫上直起身来，一下抱住了我这位好朋友的脖子，胸中的积郁终于在一场泪雨中得到了宣泄。

如同上次醒来时一样，我从褥垫上起身后意识却仍然处于一种极度茫然和混乱的状态。好一阵子我都没法把任何概念联系起来，但慢慢地，我的思维能力开始恢复，我还回想起了我当时情况的几个细节。可我对虎的出现百思不得其解，进行了各种各样的猜测之后，我只能高兴而满意地认为它是来分担我的孤独，是来给予我它的抚爱。许多人都喜欢自己的狗，但我对虎怀着一种非同寻常的爱，当然也绝没有任何动物能比它更值得我这番深情。7 年来它一直是我形影不离的伙伴，并无数次地证明了我们评价这种动物的所有高贵品质。当它还是条小狗时，我在楠塔基特镇上从一个小恶棍的毒手中把它救下，当时那家伙牵着套在它脖子上的绳子，正在把它往水里拽。大约 3 年之后，已长成大狗的虎知恩图报，从一名拦路强盗的大头棒下救了我的性命。

现在我掏出怀表凑到耳边，发现它又停止了走动，但我对此并不感到惊讶，根据我当时那种特殊的感觉，我确信我又同上次一样睡了很久很久。至于到底睡了多久，这当然不可能说清。我只觉得浑身发烫、干渴难忍。我伸手去摸剩下的那点儿水，因为当时没有光亮，提灯里那支小蜡烛早已燃尽，火柴一时又不在手边。可当我摸到水罐，却发现它空空如也，肯定是虎经不住诱惑把水喝了，它还吃掉了剩下的烤羊腿，那根啃得精光的骨头就摆在箱子的开口处。那块臭肉我并不在乎，可一想到水我的心就往下一沉。当时我已经非常虚弱，稍一动弹浑身就像发疟疾似的直打哆嗦。仿佛真是祸不单行，此时船身也剧烈地前后颠簸，左右摇晃，我箱顶上那两个油桶随时都可能掉下来堵死我唯一的进出通道。同时我还因晕船而特别难受。这些情况使我下定了决心，趁自己现在还能挣扎着行动，我无论如何也得去那道活门，马上去获得必须的援救。拿定了这个主意，我又开始摸火柴和蜡烛。摸索一阵之后我找到了火柴，却没找到我以为很快就能找到的蜡烛（虽说我记得放它们的准确位置），我暂时放弃了寻找，命令虎乖乖躺下，然后就开始朝那扇活板门爬去。

这一行动使我的虚弱更暴露无遗。我必须用尽全力才能勉强朝前爬动，而且我的四肢常常突然一软，使我整个身子坠下，脸贴着甲板，这时我只能在一种近乎于失去知觉的状态下趴上几分钟。但我仍然挣扎着慢慢往前爬，生怕我会昏倒在杂物堆中那些狭窄弯曲、纵横交错的通道之间，如果那样的话，我必死无疑。

最后，当我正竭尽全力朝前爬行之时，我的头重重地撞在了一个铁皮包边的条板箱的棱角上。虽说碰撞只使我晕了一小会儿，但我伤心地发现原来船身的剧烈摇晃把那个条板箱抛在了通道之间，完全堵死了我的去路。我用尽全身力气也没法使那个条板箱移动一分，它被紧紧地卡在了堆放在两边的箱子和设备之中。所以，尽管我十分衰弱，我现在也只有两种选择，要么放弃那根引路绳另外去寻找出路，要么翻过眼前的障碍照原路前进。前一种选择显然有太多的困难和危险，想起来就令我不寒而栗。在我当时那种虚弱和恍惚的情况下，另辟蹊径的结果只能是迷路，那我就会在舱底那座阴沉可憎的迷宫中悲惨地死去。于是我毫不犹豫地开始振作我剩下的全部精力和毅力，决心尽我最大的努力翻过那个条板箱。

待我抱着这一目的挣扎着站起身，我才发现要翻过眼前的障碍比我所想象的还要困难。狭窄的通道两边竖着两道由各种重物堆砌的高墙，我稍有疏忽就会使它们砸在我头上。即使这种情况不发生，它们仍有可能掉下来堵死我回头的路，就像眼前这个条板箱一样。条板箱本身又长又大，表面没有立足点供我攀缘。我千方百计地想够着箱顶，希望能用引体向上的动作翻上去，但结果是枉费心机。即便我真的够着了箱顶，我鼓起的那点力气也绝不足以拉起我的身体，很可能我会摔个四脚朝天。绝望中孤注一掷猛力推箱，感觉到身边有一种振颤，我急切地伸手去摸一块块箱板的边缘，结果发现很大的一块箱板早已松动，幸运的是我随身带着一把折刀，凭着这把折刀，经过一番努力，我终于成功地撬掉了那块箱板。而从撬开的孔里我欣喜地发现，条板箱的另一面没钉木板，换句话说，箱顶没被封上，被我撬开的一面是箱底。此后我没再遇上太大的困难，终于顺着那根引路绳爬到了那颗钉子面前。我怀着怦怦乱跳的心直起身来，伸手轻轻推了推那块活动地板。它没有像我所预料的那样往上升，于是我又稍稍加了点力，心里还生怕此时待在卧舱里的不是奥古斯塔斯而是别人。但令我吃惊的是，活门仍然没有挪移。我开始急了，因为我知道它先前无须用力就可以推开。我使劲儿往上推，它纹丝不动；我用力朝上顶，它仍安如磐石；我把愤怒、狂暴和绝望全发泄出来，可它对我的所有努力都不屑一顾。从活动地板不可移动这一情况来看，显然是这道暗门已被发现并被钉死，要不就是被压上了从下面休想移动的重物。

我当时只感到一阵极度的恐惧和震惊。我无论如何也推想不出把我那样活活封在舱底的大概缘由。没法使自己的思路连贯起来，我垂头丧气地在地板上坐下，任凭脑子里充满各种各样最悲观的想象，其中渴死、饿死、闷死或者被过早地埋葬似乎是我最容易面临的灾难。最后我的头脑多少清醒了一点，我站起身开始用手指去摸活门的缝隙。摸到缝隙后，我凑上前仔细观察，看它们是否能透下卧舱里的光亮，但什么光也看不见。于是我让刀刃穿过缝隙，直到刀刃碰到某种硬物。凭刮擦硬物的表面，我发现那是铁；从其独特的波状起伏，我断定那是一堆锚链。现在我唯一的路就是退回我栖身的那个箱子，然后要么屈服于这可悲的命运，要么努力镇定下来设法逃脱。我马上开始往回摸索，经过了一番艰苦跋涉之后，我终于回到了藏身之处。当我精疲力竭地在褥垫上躺下，虎伸直身子扑到了我的身边，似乎想用它的抚爱来安慰陷入困境的我，并激励我用坚忍不拔的精神去摆脱困境。

它异乎寻常的举动终于引起了我的注意。它每次把我的脸和手舔上几分钟，然后突然收回舌头发出一声低低的哀鸣。每次我伸出手去摸它，总发现它是四脚朝天仰面躺着。这番举动的一再重复显得非常奇怪，而我对其原因却百思不得其解。由于狗一再发出哀鸣，我便断定它可能受了伤，可待我一条条检查完它的腿，却没有感觉到任何受伤的迹象。于是我认为它是饿了，便给了它一大块火腿，它狼吞虎咽地把火腿吃完，可吃完之后又恢复了它那番异乎寻常的举动。这下我想它肯定是像我一样在经受着干渴的折磨，并正要把这种猜想定为真正的原因，可这时我突然想到刚才我只检查了它的爪和腿，而它说不定是头部或身体其他部位受了伤。我仔细地摸过了它的头部，没有发现任何伤口。可当我的手滑过它的背部之时，我感觉它背上有圈毛微微竖着。仔细一摸，我发现毛下有根细绳，顺着摸下去我发现细绳在它身上绕了一圈。经过更仔细的摸索，我终于摸到了一条感觉像是信纸的小薄片，那根细绳穿过这纸片并正好把它系在虎的左腋下。

第三章

我立即就想到这张纸片是奥古斯塔斯送来的信，肯定是出了什么莫名其妙的事使他不能把我解救出这个黑牢，所以他想出这个办法要让我了解事情的真相。我急切得不住颤抖，又开始搜寻火柴和蜡烛。我依稀记得在陷入昏睡之前我曾小心翼翼地把它放在身边什么地方，实际上在我第二次去活板门之前我还记得放它们的准确位置。可现在，我绞尽脑汁也想不起究竟把它们放在了何处，结果心烦意乱地白白摸了足足一个小时。当然，我的心急如焚、悬虑不安也到了无以复加的程度。最后，当我在摸索之中将头靠近箱子开口附近的压舱物之时，我发现前舱那个方向有一点微光。我感到非常惊讶，并力图向微光靠近，因为它看上去离我只有几英尺。可我刚一爬动那点微光就完全消失，我不得不摸着箱边回到我原来的位置，这才又重新看见微光。这下我非常谨慎地来回移动头部，最后发现从与刚才出发的方向相对的一条路线，我可以小心翼翼地将微光保持在我的视线内，同时又能慢慢地向它靠近。不一会儿（挤过了许多狭窄弯曲的通道之后），我终于到达了闪光处，发现微光是由我的火柴之碎磷片发出，而那些碎片则在一个倒下的空桶里。我正纳闷火柴怎么会到了这样一个地方，手又压在了两三块蜡烛碎渣上，这些碎渣显然是虎咀嚼的结果。我马上断定我的全部蜡烛都已经被那条狗吞食[1]，不由得为已没法读奥古斯塔斯的便条而感到绝望。蜡烛残渣散落在桶里其他垃圾中，我绝无希望再利用它们，只好任其如此。碎磷片也只有一星半点，我尽可能小心地将其拾拢，然后带着它们经过又一番艰难爬行回到了箱子，我离开之时，虎一直待在箱边。

我不知道下一步该怎么办。底舱一团漆黑，伸手不见五指。那张白色的纸片简直没法被看出，甚至我睁大眼睛直盯着它看。当我把视网膜的外侧朝向它时，也就是说，当我微微斜着眼看它之时，才觉得多少看出了一点轮廓。所以，当时我那个牢笼有多黑可想而知，而如果那纸片真是我朋友送来的信，似乎这信也只能

1 当时的蜡烛主要原料是牛脂。

搅扰我本来就已经衰弱并有点错乱的神志，从而使我进一步陷入困境。我脑子里徒然闪现出一个又一个获取光亮的可笑的方法（就像因吸食鸦片而陷入昏睡的人通常会为此目的而想出的法子，每一种办法都显得既合乎情理又荒谬绝伦，仿佛理性与幻觉在交替闪烁）。最后我突然想到了一个主意，这主意看上去十分合理，以至我纳闷为何没有一开始就想到它。我把那张纸条平摊在一本书上，又把从废桶拾回的火柴磷片小心地放在上边。然后，我用手掌在纸面上急速但很平稳地来回摩擦。纸片表面很快就发出光亮。而我敢肯定，要是纸片上真写有字的话，我会毫不费力地看得清清楚楚。然而，纸条上一个字也没有，只有一片令人泄气、使人失望的空白。磷光在几秒钟内就完全消失，我的心也随之变得冰凉。

我已经不止一次地说过，好久以来，我的神志一直处于一种近乎于痴呆的状态。当然间或也有清醒的时候，偶尔甚至还十分活跃，但那种时候毕竟非常短促。必须记住，许多天来我吸入的一直是一艘捕鲸船封闭的底舱里污浊的空气，而且在此期间的大部分时间我都饮水不足。在最后的十四五个小时内我滴水未沾，在那段时间内我也没睡觉。最令人口干舌燥的腌肉制品一直是我的主要食物，实际上自那烤羊腿变质后，腌肉是除饼干之外我的唯一口粮，而饼干对我来说等于是废物，因为它们又干又硬，我焦渴发肿的咽喉难以把它们咽下。我当时正发着高烧，浑身都感到难受。也许正因为这样，磷光实验失败后我竟在悲哀与沮丧中愣了好几个小时，最后才突然想到我刚才只看了纸条的一面。我不想描述当我发现这一过失时的那阵恼怒（因为我认为当时我心中只有恼怒）。假若我没有轻率而愚蠢地铸下一个大错，那过失本身也许并不算太严重——可当我看见纸条上一个字也没有，失望之余竟傻乎乎地把它撕碎，并且说不出抛在了什么地方。

是虎的灵性帮我摆脱了这最令人绝望的困境。在经过一番久久的搜寻之后，我摸到了那张纸条的一小块碎片。我把碎片凑到狗的鼻子跟前，力图让它明白它必须把其余的碎片找回。令我惊讶的是它似乎一下就明白了我的意思（因为虽说纽芬兰犬以聪明伶俐而著称，可我从未对虎进行过通常的训练），稍稍搜索了一会儿，它很快就找到另一块较大的碎片。把碎片送回后它在我身边磨蹭了一阵，用鼻子擦着我的手，好像是在等我认可它的功劳。我轻轻拍了拍它的头，它马上就跑开了。这一次它过了好几分钟才回到我身边，可又为我带回了一大块碎片，这块碎片证明整张纸条已经找齐，看来它只被我撕成了三块。凭着还在闪烁的一两点微光，我没费多少力气就幸运地找到了剩下的一点儿磷片。我的困境已教会我千万要特别谨慎，于是我久久地思索应该如何采取行动。我认为，上次我没看到的那一面上很可能写有字，可问题是我没看过的究竟是哪一面？纸条镶拼之吻合使我确信那些字（如果真有字的话）会出现在同一面，而且是按照本来所写的顺序，但这仍然不能向我提供解决上述问题的线索。而我必须确凿无疑地弄清这个问题，因为这一次尝试要是再失败，我已经没有磷片进行第三次尝试。我像上次一样把纸条平摊在一本书上，坐在箱子里又沉思了好一阵。最后我想到，纸条写有字的一面也许该有凹凸感，用心触摸或许会感觉到。我决定试一试，便用手指开始摸当时朝上的一面，但什么也感觉不出。我把纸条翻过来，重新在书上铺好。我再次让食指非常谨慎地从纸面上滑过，这时我发现，食指划过的地方出现了一道极其微弱但仍能觉察到的微光。我知道，这肯定是上次尝试时磷片留在纸上的残粉所致。那纸条的另一面，或者说朝下的一面，就是写有字的一面，假若最后证明纸条上真写有字的话。我再次翻转纸条，并按上次的方法继续尝试。经过磨擦，磷片像上次一样发光，但这一次清晰地映亮了几行用红墨水写的大字。磷光虽然够亮，但转瞬即逝。不过要是我当时不那么激动的话，那短短的一瞬也足够我读完闪现在眼前的三个句子——因为我看出是三句。然而，真是欲速则不达，我想一眼就看清三个句子，结果却只看清了最后半句话。这半句话是:“血——你的命全靠藏着别动。”

我坚信，假若当时我能够看清那张便条的全部内容，如果我能明白我朋友那番告诫的全部含义，即便我因此而得知一场最难形容的大祸就要临头，那我心中的感受也不会比那半句话引起的说不清道不明的恐惧更加折磨人。而且“血”这个触目惊心的字，这个从来就充满了神秘、痛苦和恐怖的字，在当时是多么倍显触目惊心。脱离了前文的修饰，或者说去掉了上文的说明，仅以一个模糊的单音节掉进那黑暗的牢笼，坠入我的心底，那效果是多么阴森，多么沉重!

毫无疑问，奥古斯塔斯肯定有充分的理由要我藏着别动，而我对他的理由也进行了各种各样的猜测，但始终未能猜出一个满意的结果。在后一次去活板门回来之后，在虎的异常举动引起我注意之前，我曾下定决心无论如何也得让上面的人听见我的声音，如果不能直接做到这一点，那我就要设法打穿底层甲板逃命。我基本上确信，到了最后紧急关头我至少能做成这两件事当中的一件，正是这种确信给了我（除此之外便没法获得的）勇气，使我能忍受所面临的险恶处境。可刚才读到的半句话断绝了我最后获救的希望，这下我才第一次感到真正是厄运临头。绝望中我再次扑倒在褥垫上，在一种近似昏迷的状态中躺了大约一天一夜，其间只是偶尔清醒片刻或想起一点什么。

事后我又一次坐了起来，并埋头思考包围着我的险恶处境。没有水我几乎不可能再坚持 24 小时，当然也绝不可能坚持更长的时间。在被关闭后的前一段时间里，我大口大口地喝奥古斯塔斯为我准备的甜酒，可它们只令我浑身发热，丝毫不起解渴的作用。现在连酒也只剩下大约四分之一品脱，而且是那种令我倒胃口的烈性桃酒。红肠早已吃完，火腿只剩一小块皮，而饼干除了一点碎渣外也全被虎吃光。除此之外，我觉得头痛得越来越厉害，还伴着那种自我第一次昏睡以来就一直或多或少使我不安的谵妄。在过去的几个小时内，虽说非常困难，但我还能呼吸，可现在每呼吸一次都要引起胸腔痛苦地痉挛一下。但令我焦虑的还有一个与上述情况截然不同的原因，实际上主要是这个可怕的原因唤我努力从昏沉中清醒过来。这原因产生于那条狗的举动。

当我最后一次尝试在纸条上磨磷片时，我就注意到虎的行为有所变化。当时它用鼻子碰我的手，并轻轻地发出了一声嗥叫，可我那时候太激动，所以对此情况没太在意。应该记得，此后不久我就扑倒在垫子上，并陷入了一种昏睡之中。过了一会儿我觉得耳边有一阵奇怪的声音，结果发现那声音是从虎嘴里发出的，它正呼哧呼哧的，显得非常激动，它的眼珠在黑暗中闪出凶光。我招呼它，它的回答是一声低沉的嗥叫，然后就不再出声。我很快又重新陷入昏睡，后来又以同样的方式被它唤醒，如此反复了三四次，直到最后它的行为引起了我极大的惊恐，以至我终于完全清醒。此时它正趴在箱门口嗥叫，声音虽低，但很可怕，而且它在磨牙，似乎抽搐得厉害。这下我毫不怀疑它已经疯了，不管发疯的原因是缺水还是空气污浊，一时间我真不知道该如何是好。我不能容忍杀死它的念头，可为了我自身的安全，这似乎又绝对必要。我已能清楚地觉察出它盯着我的那双眼睛里有一种最可怕的敌意，我估计它随时都有可能向我扑来。我终于不能再忍受那可怕的处境，决心无论如何也得钻出箱子，如果它阻拦，那我只好被迫把它处死。要出箱子我必须从它身上跨过，而它好像已预见到了我的意图（因为我从它眼睛位置的变化看出），它已经站了起来，而且露出了一口在黑暗中也能看清的锋利的白牙。我把剩下的那点火腿皮和装有酒的那个酒瓶带在身边，同时带上了奥古斯塔斯给我留下的一把很大的切肉刀，然后我用斗篷尽可能地裹紧身子，便开始朝箱外移动。我刚这么一动，那狗就一声嗥叫并直扑我的咽喉。它身体的全部重量撞上我的右肩，我猛然朝左边倒下，而那条疯狗则从我身上跃过。我摔下时双膝着地，脑袋埋进了毯子之中，而正是那几条毯子使我在它第二次凶猛的攻击中未受伤害，当时我感觉到它的利牙使劲儿地撕咬裹着我脖子的毛毯，可幸运的是叠成几层的毯子未被咬穿。我仍在狗的身下，不一会儿就将完全由它摆布。绝望给了我力量，我挣扎着直起了身，奋力把它从我身上甩开，并随势拉起褥垫上的毯子朝它抛去，不待它从毯子下脱身，我已冲出箱门并反身把它关在了箱子里边。但在这场搏斗中，我不得不丢掉了仅有的一点火腿皮，这下我发现我全部的给养就只剩下瓶中的那点酒。想到这一点时，我觉得自己突然被一阵任性左右，竟然像一个被宠坏了的孩子遇到类似情况会做的那样，把瓶子举到嘴边，将里边的酒一饮而尽，然后狂怒地把瓶子往地板上狠狠一摔。

瓶子摔破的声音刚刚消失，我就听见一个急切但低沉的声音在呼唤我的名字，声音从前舱那个方向传来。这声呼唤是那么地出人意料，它在我心中激起的感情是那么强烈，以致我张口要回答却发不出声音。我的说话能力一时间完全丧失，恐惧中我生怕我的朋友会认为我已经死了，从而不向我靠近就转身离去，于是我站到箱门旁边那两个条板箱之间，张着嘴拼命想发出声音。可即便当时我说出一个字就能拯救一千个世界，我也没法说出那个字。此时我能听见我前方杂物之间有一阵轻微的响动声。那声音正越来越模糊，越来越模糊。我能忘记自己当时的心情吗？他在离去！我的朋友——我有权力寄予期望的伙伴。他在离去！他会抛下我！他已经走了！他会让我留在这儿悲惨地死去，死在这最可怕最可恶的黑牢里。而一个字，只需说出一个字就能使我获救，我却一声也哼不出！我敢说，我当时的感受比死亡本身还痛苦一万倍。我一阵晕眩，我一阵恶心，我身子一歪撞在箱子的顶端并倒下。

当我倒下之时，那柄切肉刀从我腰带上滑落，掉在舱底板上发出一声钝响。我从不曾听见过那么美妙的音乐！怀着最最焦急的心情，我留神倾听奥古斯塔斯对这声钝响的反应，因为我知道呼唤我名字的那个人只能是他。底舱内一时间静得出奇。最后我终于又听见他在呼唤阿瑟！他以一种压得很低并充满犹豫的声音连喊了几遍。重新燃起的希望使我一下子恢复了说话能力，我用最高的嗓门喊道："奥古斯塔斯！哦，奥古斯塔斯！""嘘，看在上帝的分上，千万别嚷嚷！"他以激动得发抖的声音回答，"我马上就过来——我一穿过底舱就会到你身边。"随后我听见他在杂物堆中爬动了好久好久，那段时间对我来说漫长得就像过了一个世纪。最后，我感觉他的一只手摁在我肩上，同时他把一瓶水凑到了我嘴边。只有那些曾从坟墓中死里逃生的人，或是那些曾在如同我那个可怕牢笼的险恶绝境中体验过干渴折磨的人，才能想象出痛饮这人世间最甜美的玉液琼浆时那种说不出的狂喜。

待我多少止住了渴，奥古斯塔斯从他的口袋里掏出三四个煮熟的冷土豆，我狼吞虎咽地把它们吃进了肚里。他还带来了一盏遮暗的提灯，令人愉快的灯光给予我的舒适感一点儿不亚于水和土豆。但我急于想知道他久久不来底舱的原因，于是他开始讲述我被关在舱底期间船上所发生的事情。

第四章

如我当时所料，他留下那只怀表大约一小时后，“逆戟鲸号”就启锚开船。那天是 6 月 20 日。应该记住那时我已在底舱里待了 3 天，而在此期间，甲板上有那么多事要忙活，有那么多的人来来去去，尤其是在主舱和卧舱那边，所以他不可能冒活动地板被人发现的危险到底舱来看我。当开船之前他瞅准机会下来之时，我又向他保证说我好得不能再好，所以开船后的前两天他并不怎么为我担心，不过他仍然在寻找机会下来看我。而他找到机会时已经是开船后的第 4 天。在此之前，他曾有好几次决心把这个冒险行动告诉他父亲，以便让我立刻上去，但当时船离楠塔基特还并不太远，而从巴纳德船长不经意漏出的只言片语来看，很难说他知道我在船上后会不会立即掉转船头。另外奥古斯塔斯还告诉我，当他考虑这件事时，他想象不出我会有什么紧急需要，或者说他压根儿没想到我有紧急需要时会不去敲活动地板。所以，经过全面的考虑，他决定让我继续待在下边，直到他瞅准绝对安全的机会再来看我。正如我刚才所说，他找到这个机会时已经是他给我留下怀表后的第4天，也就是我进入底舱后的第7天。他下来时既没有带水也没带补充食品，因为他起初的意图只是想让我注意到他下来，然后再叫我从箱子去活动门下边，而他则回到卧舱把东西递给我。可他下来时发现我在呼呼大睡，似乎当时我正鼾声如雷。从他所说的时间来分析，我能断定那是我取表回来后的第一次昏睡，因此那一觉至少睡了3天3夜。后来，根据我自己的经验和他人的确认，我终于了解到陈年鱼油散发的臭气在封闭状态下有很强的催眠作用。现在当我想到当时我藏身的底舱那种封闭状态，想到那艘双桅船曾长期用作捕鲸船之时，更容易使我惊讶的与其说是我一连睡了3天3夜，不如说是我陷入昏睡后居然还能醒来。

奥古斯塔斯开始叫我时声音很低，而且没有关上活动门，但我没有回答。于是他把活动门关好，用越来越大的声音多次叫我，可我依然继续打鼾。这时他不知该怎么办。穿过杂物堆到我藏身的箱子要花他较长时间，而他久不露面则会引起巴纳德船长的注意，因为船长需要他时时在身旁，帮他整理和抄写有关航行情况的记录。所以，经过考虑他决定暂时上去，待另有机会再下来看我。他很容易做出这一决定，因为我的睡眠显得那么酣畅，使他不可能想到我在舱底会有什么不便之处。他刚一做出决定就听见一阵杂沓的脚步声，声音显然是从主舱那边传来的。他尽快地回到卧舱并关好了活动地板，然后推开了他的舱门。就在他的脚迈出舱门之际，一把手枪在他眼前一晃，随之他就被一根木棍击倒。

一只大手紧紧扼住他的咽喉，把他拖进主舱抛在了地板上，可他仍能看见身边所发生的事。他父亲被人捆住了手脚，正头朝下沿升降梯躺着，额上一道深深的伤口血流如注。他没说一句话,看上去已奄奄一息。大副站在他跟前，一边狞笑着看他，一边不慌不忙地搜他的口袋，不一会儿就搜出了一个大皮夹子和一只航海表。7 名船员（包括一名黑人厨师）正在靠左舷的卧舱里搜武器，他们很快就用找到的步枪和子弹装备起来。除了奥古斯塔斯和巴纳德船长之外，主舱里一共有 9 个人，全都是船上最残暴的凶汉。这伙暴徒把我朋友的手反捆起来，然后带着他一道上了甲板。他们径直走向水手舱，水手舱已被封锁，两名反叛者手持利斧把住舱盖，另有两名歹徒守在主舱口。大副开始高声喊话："下面的人听到没有？统统给我上来，一个一个地上，好，当心——不许嚷嚷。"开始几分钟不见有人出来，最后，一名没当几天水手的英国人爬出了舱口，哭哭啼啼、低声下气地哀求大副饶命。他得到的唯一回答就是脑门上挨了一斧子。那可怜的家伙连哼也没哼一声就倒在了甲板上，那个黑人厨师就像举一个小孩似的把他举起，不慌不忙地把他抛进了大海。听到了斧子重劈和身体倒下的声音，下面的人任凭如何威胁利诱也不肯冒险上甲板，直到反叛者中有人提议用烟把他们熏出来。于是下面的人一齐往上冲，一时间似乎出现了夺回双桅船的可能。但反叛者们终于成功地关上了舱盖，结果冲上甲板的只有 6 名水手。这 6 人眼看自己赤手空拳，寡不敌众，稍稍搏斗了一下就束手就擒。大副花言巧语地宽慰了他们几句，这无疑是想引诱下面的人投降，因为水手舱里能清楚地听见甲板上说话。结果证明他的阴险狡猾不亚于他的凶狠残暴。水手舱里的所有人都表示愿意投降，他们一个接一个地爬上甲板，被反捆了双手，与先冲上来的 6 个人抛在一堆——船上没参加反叛的船员一共是 27 名。

一场骇人听闻的屠杀随即发生。被捆得结结实实的水手们一个接一个地被拖到舷梯口。早已站在那儿的黑人厨师在每个人头上猛劈一斧，然后由另一名反叛者将其推入大海。21 名水手就这样丧生，当时奥古斯塔斯已完全放弃了活命的希望，以为随时都会轮到自己葬身鱼腹。可看来那伙暴徒似乎是有点累了，要么就是多少已玩腻了那场血腥的游戏，因为当大副叫人下舱取来朗姆酒时，我朋友和另外 4 名水手的死刑被暂缓执行，那帮凶手开始坐下来喝酒，他们的痛饮狂欢一直持续到日落时分。这时他们就尚未被处死的几个人的命运开始了争论，那几个人就躺在他们脚边几步远的地方，对他们争论的每句话都听得清清楚楚。酒精似乎软化了几名反叛者的心肠，因为有好几个声音主张放掉剩下的俘虏，条件是让他们也参加叛变，参加分赃。但那个黑人厨师（他简直是一个十足的魔鬼，而且他在那帮歹徒中说话和大副一样算数，如果不更算数的话）对此类建议一概不听，他好几次站起身来想去舷梯口继续他的屠杀。幸运的是他已经喝得烂醉，所以很容易就被几名不那么凶残的反叛者制止住了。这几名温和一点的反叛者中有一位名叫德克 · 彼得斯的索手[1]。此人是厄普萨洛卡部落一名印第安女人的儿子，该部落生活在靠近密苏里河源头的布莱克山区。我相

1　捕鲸时在小艇上负责收放叉索的水手。

信他父亲是一名皮货商，或至少与刘易斯河上那些印第安人的贸易站做点交易。彼得斯本人是我所见过的相貌最凶恶的人之一。他个子很矮，只有4英尺8英寸，但他的躯体有大力神赫拉克勒斯那么粗壮。尤其是他那双手又厚又宽，几乎已不像是人类的手掌。他的双臂和双腿都以一种最奇特的方式弯曲，看上去似乎没有丝毫柔性。他的头也同样畸形，不仅大得不成比例，而且光秃秃的头顶还（像大多数黑人一样）有一道凹痕。为了掩盖他那并非因上了年纪而造成的秃顶，他通常都戴着一顶看上去像是用兽皮做成的假发——有时候那种假发是用西班牙狗皮或是用北美灰熊皮做成的。在这个故事发生的时候，他戴的就是一副熊皮假发，这使他本来就凶恶的相貌更显狰狞，更具有厄普萨洛卡人的特征。他的嘴很宽，两个嘴角几乎都挨着了耳朵，嘴唇很薄，显得和他身体的其他部分一样缺乏天然的柔性，因此无论在什么感情的影响下他嘴的表情都始终不变。只要想到他那两排又长又突的牙齿在任何时候都绝不会被嘴唇覆盖，大概就能想象出他那种始终不变的表情。与此人擦肩而过时晃眼一看，人们会以为他在咧嘴大笑，但第二眼就会使人不寒而栗地看出，如果说那种表情是表示快活，那表示的一定是魔鬼的快活。楠塔基特的水手渔民中流传着许多关于这个怪人的奇闻逸事。有些传闻说他激动时会变得力大无穷，有些则让人怀疑他是否神志健全。不过在发生叛变的那个时候，“逆戟鲸号”船上的那些人对他更多的是嘲弄而不是别的。我之所以这样专门把德克·彼得斯介绍一番，一是因为他虽然相貌凶悍，但在保护奥古斯塔斯生命的过程中却起了主要作用；二是因为在后文中我将常常提到他——请允许我在此说明，读者在后文中将发现有些事件完全超越了人类经历的范畴，因而也远远超越了可信的界线，所以，对我所要讲述的一切，我丝毫不抱有让世人相信的奢望。但我非常自信，时间和不断进步的科学总有一天会证明我讲述的某些最最重要而又最不可能的事实。

且说那帮反叛者在一阵犹豫不决和两三次激烈争吵之后，终于决定放掉剩下的全部俘虏，让他们乘船上最小的一条救生艇去顺水漂泊（但奥古斯塔斯除外，彼得斯以一种开玩笑的方式坚持要把他留下来作为他的秘书）。这时大副下主舱去看巴纳德船长是否还活着，读者应该记得，那伙反叛者上甲板时把他留在了下边。不一会儿两人双双上了甲板，船长面如死灰，但多少已从负伤后的昏迷中清醒过来。他用一种几乎听不清的声音对那帮人说话，恳求他们不要把他放漂，而让他恢复履行船长的职责，并许诺在他们选择的任何地方放他们上岸，决不把他们送交法庭。可他这番话完全是白说。两名歹徒架住他的胳膊从船边把他推进了小艇，小艇在大副去主舱之时已被放入水中。躺在甲板上的 4 名水手在松绑之后被命令跳进小艇，他们没表示任何反抗就服从了命令。尽管奥古斯塔斯拼命挣扎并苦苦哀求，希望能允许他向父亲道一声永别，但他仍然被留在了他躺的地方。一小包饼干和一罐水被递下了小艇，但小艇既无桅杆、帆篷和桨，也没有罗盘。小艇在大船后面拖曳了几分钟，其间反叛者们又商量了一阵,最后拖绳终于被砍断。此时夜幕早已降临，天上既没有月亮,也看不见星星。虽说海面上风并不猛，但阴沉暴戾的大海依然汹涌澎湃。小艇很快就看不见了，艇上不幸的漂泊者几乎没有生还的希望。不过小艇被放漂的位置在北纬 35° 30′，西经 61° 20′，离百慕大群岛的距离不算太远。所以奥古斯塔斯尽量用这个念头来安慰自己：小艇也许会漂到群岛海岸，或是漂至靠近岸边的海域被近海船只搭救。

此时“逆戟鲸号”扯满了风帆，继续它原来的航向朝西南方行驶。反叛者们正一心想着一次海盗式的远征，从所能听到的只言片语判断，一条从佛得角群岛驶往波多黎各的船将在途中遭到他们的拦截。现在暴徒们不大注意奥古斯塔斯，他被松了绑并被允许在主舱升降口之前的甲板上走动。德克·彼得斯对他比较和气，有一次还从那位黑人厨师的毒手中救了他。但他的处境仍然十分危险。因为那伙歹徒还一个个醉醺醺的，不能指望他们继续对他和和气气，或者说放任不管。然而他告诉我，当时最令他痛苦不安的就是想到我的困境，而我实际上没有理由怀疑他真挚的友情。他曾不止一次地想把我藏在船上的秘密告诉那些反叛者，但终于还是忍住没有开口，这部分是因为他对目睹的暴行之记忆，部分是因为他怀着很快就能让我摆脱困境的希望。为此目的他一直在伺机行动。但是，尽管他每时每刻都在观察，可等他找到机会时已经是那只小艇被放漂后的第三天。就在第三天晚上，终于从东边刮来了一场大风，所有的人都被唤上甲板去收帆。趁着这阵忙乱，他悄悄溜下升降梯，进了他自己的卧舱。可他伤心而惊恐地发现他的卧舱已被变成了库房，里面堆满了食品和杂物，还有一根几英寻长的旧锚链，那根锚链原来堆在升降梯下，现在为了腾地方放一口箱子而被搬进了他的卧舱，并且正好压住了那块活动地板。要想搬开锚链而不被察觉简直不可能，于是他尽快转身回到甲板。他刚一上去就被大副扼住了咽喉，大副追问他到舱里去干什么，说着就要把他从左舷抛进大海，这时德克·彼得斯的干预再次救了他的性命。奥古斯塔斯这下被戴上了手铐（船上有好几副手铐），两只脚也被紧紧地捆在一起。然后他被拖进了前舱，抛到了紧挨着前隔舱的一张下铺上，并被警告说绝对不许再踏上甲板，“直到这艘双桅船不再是双桅船”。这是把他塞进下铺的那个黑人厨师的原话，很难说清这句话到底有什么含义。不过正如下文所述，这件事结果证明正是我最终获救的契机。

第五章

在厨师离开水手舱（即前舱）后的几分钟内，奥古斯塔斯完全死心断念，以为自己绝无可能活着离开那个卧铺。这时他决定只要一有人下来就马上告诉他我的情况，心想与其让我在舱底渴死，还不如让我在那帮歹徒手中碰碰运气，因为当时我已在底舱关了整整10天，而我那罐水连喝4天也不够。当他正在考虑这个问题时，一个念头忽然钻进他的脑子，他想到也许可以通过主底舱与我取得联系。要是在其他情况下，这样做将面临的困难和危险或许会阻止他进行这一尝试，可当时他无论如何也是性命难保，因此也就不怕再失去什么，于是他集中心思考虑这件事情。

首先要考虑的就是那副手铐。开始他觉得没法摆脱它们的束缚，并担心自己的计划第一步就行不通。但经过一番琢磨，他发现只需缩紧手掌，两只手都可以不太费力地从铐环中滑出或滑进——这种手铐完全不适合用来束缚年轻人，他们较小的骨头使他们的手更容易挤压收缩。这下他解开脚上的绳子，并把绳子摆好，以防万一有人来时能迅速地把脚重新捆上，然后他开始查看邻接他那个下铺的舱壁。那里的隔板是软质松木，而且只有1英寸厚，他看出费不了多大劲儿就能撬开。这时前升降口传来一个人的声音，他刚来得及把右手伸进铐环（手铐一直戴在左手腕上）并拉起绳子在脚踝上套了个活结，德克·彼得斯就下舱来了，跟在他身后的虎立即跳上卧铺并躺了下来。虎是由奥古斯塔斯带上船的，他知道我与这条狗难舍难分，心想带它来伴我航行我一定会高兴。他把我藏入底舱后随即就去我家带出了虎，但他下底舱给我留怀表那次却忘了告诉我这件事。自船上发生叛变后奥古斯塔斯就一直没再看见过虎，他以为它已经死了，早被大副手下的某个暴徒扔到海里去了。后来才知道它似乎是钻进了一条捕鲸小艇下边的一个洞，但那个洞窄得不容它转身，结果它被卡在了那里。是彼得斯发现并把它救出，怀着一种令我朋友感激不尽的好意，他现在把狗带进水手舱与我朋友做伴，同时留下了一些腌牛肉、煮土豆和一小罐水。然后他就上甲板去了，临走前许诺第二天再多送些吃的下来。

待他走后，奥古斯塔斯脱下手铐并解开脚上的绳子，然后掀开他铺上那床垫子的顶端，用他随身携带的折刀（因为那伙歹徒没想到搜他的身）开始用力地切削一块隔板，他把下刀处选在尽可能靠近铺面的位置，这样如果有人突然进舱，他可以很快将掀起的垫端放回原处，挡住已经被他削开的地方。但在那天其余的时候，再没有人来过前舱，而当夜晚来临时，他已经完全削断了那块隔板的一端。这里应该说明一下，自从叛乱之后，船员们就没有一人再住水手舱，他们全都搬到了主舱内，在那儿享受巴纳德船长留下来的好酒和精美食品，除了航行所绝对必要的操纵外什么也不管。后来表明这种情况对我和奥古斯塔斯都是一种幸运，因为若不是那样，他也许不可能到达我藏身的底舱。事实上他信心十足地继续施行他的计划。不过待他第二次削断那块隔板时天已快亮（第二个削口位于第一个削口之上 1 英尺处），这样便形成了一个他能轻易钻过的通往底层主甲板的洞。他从洞口来到底层甲板，并没费多大周折就到了底舱盖跟前，尽管到那儿他必须爬过层层重叠的油桶，那些油桶堆得都快顶着上甲板了，剩下的空隙勉强够他爬过身子。到达底舱盖后，他发现虎也钻了下来，并从两排油桶间挤过到了他身边。但当时要在天亮前到我的藏身之处时间已不够，主要的困难还在于穿过底舱那些堆放得既乱又挤的装载物。所以他决定返回，等第二天晚上再下来。抱着这一目的他开始松开舱盖，以便再下来时能尽可能节约时间。他刚把舱盖松开，虎便急切地扑到虚开的一条缝前，用鼻子嗅了一阵，发出一声长长的哀鸣，同时用前爪使劲儿抓舱盖，仿佛急于把它移开。从它这番举动可以看出，它无疑已发现我在底舱，而奥古斯塔斯认为，如果放它下来，它也许能够自己找到我。这时他想到了给我送信，因为当务之急是告诉我别试图冲出底舱，至少在当时那种情况下还不能出去，而且他计划中的第二天与我会面也不能打包票。后来证明他想到送信这个念头真值得庆幸，因为要不是收到了那张纸条，我肯定会不顾一切地匆匆采取某种行动，这样无疑会惊动那帮歹徒，而我俩很可能会因此丧命。

决定写信之后，所面临的困难就是书写工具。一根旧牙签很快被做成了笔，而这全靠摸索着进行，因为上下甲板之间漆黑一团。从一封信的背面裁下了足够的纸——那封信是最初伪造的罗斯先生来信，但因为笔迹模仿得不太像，奥古斯塔斯又重写了一封，同时非常幸运地把第一封顺手揣进了外衣口袋，没想到它这时正好派上了用场。这下就只差墨水了，而奥古斯塔斯马上就找到了代用品，他用折刀在指尖划开一个小切口——这个部位的伤口通常流血较多。便条当即写成，就当时的黑暗与情势而论，可以说写得相当不错。它简略地说明了船上发生的叛变，谈到了巴纳德船长已被放漂，并通知我很快就会有救济物送来，但告诫我千万不能冒险轻举妄动。纸条上最后一句话是“我写此信蘸的是血——你的命全靠藏着别动”。

纸条拴在狗身上之后，狗被放进了底舱，而奥古斯塔斯则尽快地回到了上面，并确信他离开期间没人进过水手舱。为了遮掩隔板上的洞口，他把折刀插在洞口上方，并把一件他在舱铺上找到的水手上装挂在刀柄上。然后他重新戴上手铐，重新把那条绳子捆在脚上。

他刚把一切弄好，德克·彼得斯就下舱来了，他醉得很厉害，但兴致勃勃，并为我的朋友带来了他许诺过的当天的给养。这包括6个很大的爱尔兰烤土豆和一大罐水。他在舱铺旁边的一口箱子上坐了一阵，无拘无束地谈起那位大副和一般与“逆戟鲸号”有关的事情。他的行为非常诡秘，甚至可以说非常古怪。奥古斯塔斯曾一度为他怪异的行为而感到惊恐。不过他终于起身上了甲板，临走时口齿不清地保证第二天要为他这名囚徒带来好吃的东西。那天还有两名船员

（捕鲸炮手）与那位厨师一道下过水手舱，3个人全都喝得酩酊大醉。和彼得斯一样，他们谈起他们的计划时也无所顾忌，毫不保留。从他们的谈话中可以听出，似乎反叛者内部对双桅船的最终航向存在着严重分歧，除了要袭击那艘他们随时都渴望碰见的从佛得角群岛驶来的船之外，他们在其他任何方面意见都不一致。照可以确定的情况来看，叛变之所以发生并非完全出于掠夺的缘故，大副个人对巴纳德船长的不满也是个重要原因。现在叛变者似乎主要分成了两帮，一帮听大副指挥，另一帮以厨师为首。前一伙人计划抢夺最先遇上的一条合适的船，并去西印度洋群岛的某座岛屿把它装备成海盗船。但包括彼得斯在内的更强的另一伙人则一心要按照既定航线去南太平洋，到那儿后要么捕鲸，要么根据情况再作打算。彼得斯曾多次去南太平洋地区，他的描述对那些在获利与寻乐之间举棋不定的反叛者有很大的影响。他详细讲述了可在数不清的太平洋岛屿间找到的那个新奇而有趣的世界，讲述了可以享受到的绝对的安全和摆脱了一切羁绊的自由，但他讲得更多的是舒适宜人的天气、多姿多彩的生活和妖娆妩媚的漂亮女人。虽说尚未做出任何最后的决定，但这位混血儿索手所描绘的图画正激起水手们炽热的幻想，因此他的意向最终有可能得以实现。

那3个人谈了约1个小时然后离去，其后整天都再没有人进过水手舱。奥古斯塔斯安安静静地一直躺到傍晚。然后他起身松掉绳索手铐，开始为他的尝试做准备。他在一个舱铺上找到只空酒瓶，并用彼得斯留下的那罐水将其灌满，同时往口袋里塞了几个冷土豆。他还欣喜地发现了一盏提灯，灯里有一支小小的脂烛。他可以随时把灯点亮，因为他身边有一盒磷片火柴。待天完全黑下来之后，他先小心翼翼地把铺上的被褥弄得像有人在蒙头大睡一样，然后钻过了隔板上那个洞口。之后他转身把那件水手装重新挂在刀柄上将洞口遮住——这一点很容易做到，因为他是做完之后才把取开的那块隔板嵌回原处。这时他到了底层甲板，并像前一天那样从上层甲板和油桶之间的空隙中爬向底舱盖。到那儿之后他点燃了灯里的脂烛，然后下到底舱，十分困难地在挤作一堆的杂物间摸索移动。不一会儿他就因底舱难闻的臭味和污浊的空气而感到了惊恐。他无法想象我在如此令人窒息的空气中关了那么久之后还可能幸存。他一遍又一遍地呼唤我的名字，但我没有回答，这样他的担忧似乎已被证实。当时双桅船正颠簸得厉害，底舱里有很大的声响，所以不可能听见我微弱的声息，譬如我的呼吸声和鼾声。他打开提灯的暗罩，趁船身颠簸的每一次间歇尽可能高地把灯举起，希望我，如果还活着的话，能从灯光得知救星正在来临。但他仍未听见我发出任何声响，这时他对我死亡的怀疑已变得有几分肯定。但他还是决定，只要可能就尽量挤到箱子跟前，至少确凿无疑地证实一下他的推测。他怀着一种可怜巴巴的焦急心情朝前挤了一阵，最后终于发现通道完全被堵死，按他原来设计的路线已寸步难行。这下他感到彻底绝望，竟然像一个孩子扑倒在杂物堆间呜呜地哭了起来。就在他哭泣之间，他听到了我摔破酒瓶的声音，这酒瓶摔得实在幸运，因为此事看上去微不足道，但对我来说性命攸关。不过我是多年以后才意识到这个事实。为自己的意志薄弱和优柔寡断而产生出的羞愧之心，使奥古斯塔斯没有当即告诉我他后来在一次更推心置腹的交谈中向我吐露的实情。原来当他发现进路已被不可逾越的障碍阻断之时，他曾决定放弃靠近我的打算，并且马上返回水手舱。但若要针对这一点对他进行谴责，那首先得考虑一下他当时所面临的困境。夜晚正在飞快地过去，而他不在前舱这一情况很可能被人发现。事实上，如果他未能在天亮前赶回舱铺，那他的行动肯定会暴露无遗。提灯里的脂烛已快燃到烛窝，而摸黑返回底舱口将难上加难。同时还必须承认，他有各种充分的理由相信我已经死去，在那种情况下，他即便能到达箱子处也是徒然，他所经历的千难万险则会毫无意义。他已经多次呼唤过我，而我却一声也没有回答。仅凭他最初为我准备的那罐水，我当时已在底舱待了整整 11 天，而我在一开始绝不可能节制饮水，因为那时我完全有理由期望很快就能出去。而且对于刚从前舱较为新鲜的空气中下来的他来说，底舱内的空气肯定闻起来就像毒气，远远比我刚下来时更令人难以忍受——因为在我下舱之前的几个月里底舱盖一直敞着。除了这些考虑之外，再想想我朋友不久前所目睹的那场血腥而恐怖的屠杀，想想他的被囚、他的困苦、他的死里逃生，想想他当时仍然还危在旦夕——想过所有那些有可能削弱一个人意志的情况以后，读者将自然而然地和我一样，怀着一种遗憾而不是义愤的心情来看待我朋友对友谊和忠诚的暂时动摇。

奥古斯塔斯清楚地听见了酒瓶摔破的声音，却不敢肯定声音是否发自底舱。然而这份怀疑已足够诱使他坚持到底。他爬上高高的杂货堆，身体几乎都挨着了底层甲板，然后他趁船身颠簸的间歇，用他最大的嗓门高声喊我的名字，一时间全然不顾被那帮歹徒听见的危险。读者应该记得，这一次我听见了他的声音，但我由于过分激动而一时发不出声来。这时他确信自己的担忧已被充分证实，于是他滑下杂物堆，准备抓紧时间尽快返回前舱。他匆忙中碰翻了几个小箱子，正如读者会记得的那样我听到了那阵响动。他已经往回爬了好长一截，这时切肉刀坠落的响声再次引起了他的迟疑。他马上回转身，重新爬上货堆，像先前那样趁颠簸的间歇大声喊我的名字。这一次我终于喊出了声。发现我还活着，他不由得欣喜若狂，这下他决心无论有多少困难和危险也要靠近我。在奋力尝试了几次之后，他终于爬出了那座包围着他的迷宫，挤出了一条到达我身边的路，最后精疲力竭地到达了那个箱子。

第六章

奥古斯塔斯在箱子边只讲了事情的大致经过，直到后来他才向我叙述了全部细节。当时他担心被人发现不在前舱，而我则迫不及待地要离开我那令人憎恶的囚禁之地。我们决定马上去隔板的那个洞口，我暂时将待在洞口附近，他则回到舱内探听虚实。我俩都不忍把虎留在那个箱子里，然而不把它留下对我们却是个难题。当时它似乎毫无声息，我们把耳朵贴近箱子也听不见它呼吸的声音。我确信它已经死了，便决定打开箱门。结果我们发现它挺直身子躺着，显然毫无知觉，但并没有死去。时间不容耽搁，可我却不能不采取任何抢救措施就抛弃一条已经两次救过我生命的义犬。于是我们尽可能地拖着它一道走，虽然这非常困难，而且得消耗我们大量体力。奥古斯塔斯有时不得不抱着它越过障碍，因为我已经虚弱得完全抱不动它。最后我们终于到达了洞口,奥古斯塔斯钻进舱后,虎也被推了进去。发现一切平安，我们没有忘记虔诚地感谢万能的主让我们化险为夷。我俩商定我暂时就留在洞口附近，这样我朋友能够轻易地向我提供他每天给养的一部分，同时我又能呼吸到相对来说比较新鲜的空气。

对于我讲述中谈到的“逆戟鲸号”舱内乱七八糟的情况，一些见过正规装载的读者也许会感到费解。在此我必须说明，这项最重要的工作之所以做成这样，完全是因为巴纳德船长极不体面的玩忽职守。他绝非一名谨慎而老练的水手，丝毫不具有他所从事的那种危险工作所必须具有的细心和经验。船货的装载决不可以掉以轻心，即便以我自己有限的经验而论，许多灾难性的事故都是因为在这一点上的疏忽或无知。沿海岸航行的船只通常装货卸货都匆匆忙忙，所以最容易因装载不当而遭殃罹祸。装载之要点是绝不允许货物或压舱物有移位的可能，即便是在船颠簸得最厉害的时候。为此目的装载者务必特别当心，不仅要注意货物的装载，还要注意货物的种类以及是满载还是半载。大多数货物在装舱时都需要压紧，所以烟草或面粉通常都是被紧紧地压进船舱，以至于卸货时往往发现货桶全都被压扁，要过一段时间它们才能恢复原状。

但这种紧压主要还是为了获得更多的空间，因为像面粉或烟草之类的货物只要是满载，绝不会有移位之虞，至少不会有令人担忧的危险。可实际上有过这样的事例，由于一种截然不同于货物移位的原因，这种紧压装载法却酿成了最可悲的后果。譬如人们已获悉，一舱压得紧紧的棉花，由于其体积膨胀，结果在海上胀裂了船体。毫无疑问，若不是因为圆形货桶之间必然留下的空隙，烟草在其平常的发酵过程中也会造成同样的结局。

当船只不是满载时，货物移位的危险最令人担忧，因而通常更应采取措施以防止这种灾祸。只有那些在海上遭遇过风暴的人，更准确地说是只有那些经历过船在风暴后的突然平静中剧烈颠簸的人，方能想象得出那种颠簸的巨大力量，以及那种力量对舱内松散货物的可怕作用。正是在这种时候，在船不是满载的时候，谨慎装舱之必要性更显突出。当顶风停船时（尤其是用船头小帆顶风停船时），船首造型不当的船只经常会倾斜到横梁几乎垂直于水面的程度。按平均数计算，倾斜甚至15分钟或20分钟就发生一次，但如果货物装载得当，这种倾斜并不会造成任何严重的后果。可要是这一点未能被严格做到，那全部货物在第一次倾斜时就会滚到船倾向水面的一侧，从而阻止船体恢复平衡，结果船肯定会在几秒钟内就进水并且沉没。可以这么说，在所有遇风沉船的事件中，至少有一半应该归因于货物或者压舱物的移位。

无论是哪种货物，只要没装满船舱，那在尽可能压紧之后还需罩上一层与舱等长的防移板，防移板上得竖起结实的支柱，支柱必须抓紧上方的船肋，这样方能把货物固定在原位。若是装载谷类，或任何与谷类相似之物，还需要采取额外的防移措施。离港时装得满满的一舱谷物到达目的地后会被发现尚不足舱容积的四分之三（尽管由于谷粒膨胀，收货人一蒲式耳一蒲式耳地计量时，货量又会多出不少），但那舱谷物仍是交运时的数量。出现这种情况是由于谷物在航行中被摇紧，而航行中风浪越大，到港后舱内的谷物看上去就越少。如果谷物是散装在舱内，那最好是加上防移板和支柱，谷物在远航中最容易移位，以致酿成最令人痛心的灾难。为了防止这些灾难，装载谷物的船只在离港前应该采取各种措施尽可能将其摇紧。人们为此发明了许多行之有效的方法，其中值得一提的就是往谷物堆里打进楔子。可即便是采取了这种措施，并加倍费心固定了防移板和支柱，有经验的水手在装载谷物的船上遇到任何强度的大风时心里都不会完全踏实，尤其是只有半舱谷物的时候。然而我们有数以百计的近海航行船只，而且似乎还有更多的从欧洲各港口驶出的船只，在日常航行中都只载有半船货物，甚至是半船最危险的货物，却从来不采取任何防范措施。令人惊叹的是，在这种情况下该发生的事故实际上都发生了。据我所知，乔尔·赖斯船长的“萤火虫号”纵帆船之沉没就是这种掉以轻心的一个可悲实例。该船于1825年装载玉米从弗吉尼亚州的里士满驶往葡萄牙的马德拉岛，赖斯船长在以往无数次航行中从未出过重大事故，尽管他对货物装载总是马马虎虎，顶多不过用普通的方法稍稍加以固定。他以前从来没有运过谷物，这一次他把玉米散装在舱内，而且只装了半舱多一点。在航行的前一段时间他遇到的风都很柔和，但当离马德拉岛还有一天的航程时，从东北偏北方向刮来了疾风，迫使他不得不顶风停船。他仅用缩了一半的前桅帆让纵帆船迎着风，可船却像任何一条船所能期望做到的那样停得稳稳当当，并且没进一滴海水。夜晚将临之时风势稍微减弱，船的左右摇晃比先前更厉害，但情况仍然非常良好，直到一次朝右舷的猛烈倾斜使船的横梁末端几乎触水。这时只听舱内的玉米全部移向右侧，其巨大的力量猛然把主舱盖冲开。船顿时像一个铅球沉到了海底。事件发生时从马德拉岛驶出的一条小小的单桅船正巧在附近，它救起了“萤火虫号”上的一名船员（唯一的获救者），那条单桅船安安稳稳地通过了疾风区，正如一条操纵得当的小船实际上也有可能通过一样。

如果“逆戟鲸号”舱内那些乱七八糟挤作一堆的油桶[1]和船具能被叫作货物的话，那这些货物装得最为糟糕。我已经讲过了底舱里物品堆放的情况。如我所述，在底层甲板的油桶与上甲板之间有足够的地方供我容身，底舱口周围留有一块空间，而杂物堆里也留有好大几块空处。在被奥古斯塔斯打穿的那块隔板附近，有一块足以放下一个油桶的空间，那里暂时就成了我舒适的栖身之地。

待我朋友平安钻进舱铺并重新戴上手铐系好绳子，天色已经完全大亮。我俩的确是死里逃生，因为他刚把一切弄好，大副随同彼得斯和厨师就下舱来了。他们谈论了一阵那条从佛得角群岛驶过来的船，似乎都急不可耐地盼它早点儿出现。最后厨师走到奥古斯塔斯躺的下铺跟前，并坐在了靠头一端的铺沿上。从我的藏身之处，舱内的一切我都能看见和听见，因为移开的那截隔板没有嵌回原位。我随时都以为那个黑人会向后靠上那件遮挡住洞口的水手装，如果那样一切

1 捕鲸船通常都装有铁油罐。“逆戟鲸号”为何没装，我一直未能弄明白。——原注

都会被发现，而我俩的性命也肯定难保。但我们依然吉星高照，虽说他随着船身的晃动好几次碰到那件水手装，但他身体的重量没有往上靠。那件上装的下摆被小心地固定在隔板上，所以它摇晃之时也不会露出洞口。这段时间虎一直躺在舱铺靠脚的一端，看上去已多少恢复过来。因为我能看见它偶尔睁开眼并长长地吸口气。

几分钟后大副和厨师上甲板去了，德克·彼得斯还留在舱内。待那两人一走，他马上在大副刚才坐过的位置上坐了下来，开始十分和气地同奥古斯塔斯谈话，这时我们能看出他刚才当着那两人时的一副醉态八成是装出来的。他痛痛快快地回答我朋友提出的所有问题，告诉我朋友他毫不怀疑他父亲已经获救，因为他被放漂那天太阳落下之前，海面上至少能看见5条船。另外他还用别的话安慰我朋友，这使我感到又惊又喜。实际上我开始抱有了希望，我认为通过彼得斯的帮助我们最终也许能夺回双桅船，而后来我一有机会就把这种想法告诉了奥古斯塔斯。他认为此事有成功的可能性，但主张必须先小心翼翼地试探试探，因为那个混血儿的举止行为看上去最反复无常，捉摸不定，实际上很难说他在任何时候都神志清醒。彼得斯大约1小时后也上了甲板，中午时分又再次下来，给奥古斯斯塔斯送来了一大堆腌牛肉和香肠。当只剩下我们两人时，我进舱尽情地分享了那堆食品，然后没有返回洞内。那天再没有人来过水手舱，晚上我躺进奥古斯塔斯那个舱铺，美美的一觉睡到差不多快要天亮，这时他听见甲板上有动静，唤醒了我，我赶紧躲回了我的藏身之处。待天大亮之时，我们发现虎差不多已经完全恢复了体力，丝毫没有患狂犬病的迹象，因为它显然很急切地喝了一点喂给它的水。在那天之内它完全恢复了它原有的生气和食欲。毫无疑问，它在底舱的反常行为是因为龌龊的空气所致，与狂犬病并不相干。我当时坚持把它从那个箱子里带上来，为此我感到说不出的高兴。这天是6月30日，是“逆戟鲸号”离开楠塔基特后的第13天。[1]

7月2日。大副下舱来了，像往常一样醉醺醺的，却显得格外和气。他走到奥古斯塔斯铺前，问如果把他释放他能否做到安分守己，能否保证不再去主舱那边。对此我朋友当然给予了肯定的回答，于是那个恶棍从口袋里掏出酒瓶让他喝了口朗姆酒，随之除去了他的手铐和绳子。然后他俩一道上了甲板，此后约3个小时我都没见着奥古斯塔斯。最后他终于带着好消

1 此句与前文叙述的时间不符，应为戈登上船后的第13天，“逆戟鲸号”起航后的第10天。

息回来，他已被允许在主桅以前的甲板上随意走动，并且被安排像往常一样睡在水手舱里。他还为我带回了一顿美餐和大量的水。双桅船仍然在那一带游弋，等待着从佛得角驶来的那条船，这时有一条船进入了视野，它被认为正是要拦截的目标。由于随后8天里发生的事并不重要，而且与我讲述的主要事件没有直接联系，我在此将把它们写成日记的形式，因为我又不想把它们一笔勾销。

7月3日。奥古斯塔斯给我弄来3床毯子，我用它们在我的藏身之处铺了一个舒适的铺位。除了我朋友之外，整天没人到舱里来过。虎躺在舱铺上正挨着洞口的位置，睡得很死。仿佛还没有从它的昏迷中完全清醒似的。傍晚刮来一阵狂风，不待双桅船收帆就呼啸而至，差点儿使船倾覆。但狂风转瞬即逝，除了撕破前桅上的帆外，没有造成其他损害。今天彼得斯对奥古斯塔斯非常诚恳，与他进行了一次长长的交谈，给他讲太平洋以及他到过的那些太平洋岛屿。他问他是否愿意与反叛者一道去那些地区，来一次探险寻乐的航行。他还说厨师这边的人正在渐渐倾向于大副的主张。对此奥古斯塔斯认为，既然没有更好的选择，那他最好还是回答说他非常乐意去太平洋冒险，因为干什么都比当海盗强。

7月4日。所看见的那条船原来是从利物浦驶出的一条小小的双桅船，因而被允许安然通过。奥古斯塔斯大部分时间都在甲板上，以便打探信息，了解反叛者们的意向。那些反叛者之间常常争吵得很厉害，一位名叫吉姆·邦纳的捕鲸炮手在一次争吵中被抛扔到了船外。大副那伙人正在占上风。吉姆·邦纳属于厨师这一边，德克·彼得斯也是。

7月5日。大约拂晓时分一阵猛烈的风从西边刮来，到中午时风力加强变成了疾风。所以双桅船还能张起的就只有它的斜桁纵帆和前桅下帆。在收前桅上帆时，一位属于厨师这边的名叫西姆斯的普通水手跌进了海里，原因是他当时喝得烂醉，他被淹死了——没人曾试图救他。现在“逆戟鲸号”船上总共剩下13个人，属于厨师这伙的有德克·彼得斯、西摩（即厨师本人）、琼斯、格里利、哈特曼·罗杰斯和威廉·艾伦；属于大副那帮的有大副本人（我没听说过他的名字）、阿布萨隆·希克斯、威尔逊、约翰·亨特和理查德·帕克。此外便是奥古斯塔斯和我。

7月6日。大风呼啸着刮了一整天，而且伴随着瓢泼大雨。双桅船舱内从船缝间漏进了不少水，一台水泵一直不停地运转，奥古斯塔斯也被强迫去干活。黄昏时一艘大船从我们旁边驶过，直到驶出了一小段距离才被发现。这条船被认为正是那伙反叛者等候多时的目标。大副朝它喊话，但回答声被呼呼的风声吞没。夜里 11 点，一个大浪打在船中部，撕裂了左舷一大块舷墙，并造成了其他一些轻微的损坏。快天亮时天气开始好转，日出时海面上已基本无风。

7 月 7 日。大风过后的巨浪汹涌了整整一天，“逆戟鲸号”由于轻载而摇晃得特别厉害，底舱内的许多东西都松动移位，因为从我藏身的地方能清楚地听到舱底的动静。晕船令我痛苦不堪。彼得斯今天与奥古斯塔斯进行了一次长谈，告诉他格里利和艾伦已投靠大副，决定追随他去当海盗。他一连问了奥古斯塔斯好几个问题，当时奥古斯塔斯没能领悟那些问题的确切含义。夜间漏水曾一度超过了水泵的排水能力，几乎没有堵漏的办法，因为渗漏是由船体变形所致，水是从船板间的缝隙中漏进。一张帆被堵到船头下面，控制了那里渗漏的势头，这对我们多少有几分帮助，使排水和漏水开始持平。

7 月 8 日。黎明时分从东边吹来了一阵轻风，大副下令将船朝东南方向行驶，按照他既定的海盗计划驶往西印度群岛的某座岛屿。无论是彼得斯还是那个厨师都没表示异议，至少奥古斯塔斯没听见任何人反对。拦截从佛得角驶来的那艘船的想法已被完全放弃。现在只用一台水泵每小时抽水45分钟就能轻易控制漏水。堵漏的那张帆从船头下面被拖上了甲板。白天与两条相遇的小纵帆船打过招呼。

7月9日。天气晴朗。所有的水手都在修理舷墙。彼得斯又同奥古斯塔斯进行了一次谈话，这次他比以往都更直截了当。他说他无论如何也不会赞同大副的计划，甚至暗示了他要从大副手中夺船的意图。他问我的朋友，若出现那种情况他是否能指望他的帮助，对此奥古斯塔斯毫不犹豫地做了肯定的答复。于是彼得斯说他要去试探一下他这边那些人对此事的态度，说完便起身离去。在那天剩下的时间里，奥古斯塔斯没能获得与彼得斯私下交谈的机会。

第七章

7月10日。与一艘从里约热内卢驶往楠塔基特的方帆双桅船打过招呼。海面上雾蒙蒙的，有一阵从东方吹来的风向不定的微风。哈特曼·罗杰斯今天死了，他自8号那天喝过一杯掺水烈酒后就一直抽搐不已。此人属于厨师这一伙，彼得斯对他非常信任。他对奥古斯塔斯说，他认为是大副毒死了他，还说假如他自己不小心提防，这种事很快就会轮到他头上。现在他这一边只剩下他自己、琼斯和厨师西摩，可对方原来的5个人却一个没少。他已经对琼斯谈过了从大副手中夺权的计划，但由于琼斯对这个计划反应冷淡，他没敢再继续声张此事，或者说没敢向厨师提到此事。幸亏他碰巧这么小心谨慎，因为厨师下午就表示支持大副，并正式加入了对方的行列。同时琼斯趁机与彼得斯翻脸，暗示说他有可能把这个酝酿中的计划告诉大副。显而易见，时间已非常紧迫，彼得斯表示倘若奥古斯塔斯愿意帮他的忙，他将不顾一切危险进行夺船的尝试。我朋友当即向他保证，为此目的他甘冒任何风险，考虑到这是一个适当的机会，我朋友还说出了我在船上。听到这个消息那个混血儿真是又惊又喜，因为他对琼斯已没有丝毫信赖，实际上他已经把那家伙看成了大副的人。他俩来到底层甲板，奥古斯塔斯把我唤出，彼得斯和我随即就相互认识。我们商定应该一有机会就动手夺船，完全不把琼斯考虑在我们的计划之内。如若夺船成功，我们将把船驶往最近的港口，并把它交给有关当局。彼得斯去太平洋的计划已因他那伙人的背叛而化为泡影，因为没有一班人马不可能进行那样的一次冒险，他现在所指望的要么是法庭因他精神错乱而宣告他无罪（他一本正经地辩解说正是一时的精神错乱驱使他帮助了叛变），要么是通过奥古斯塔斯和我的请求而获得赦免（如果被认为有罪的话）。我们的商量被一阵“全体收帆”的呼喊声中止，彼得斯和奥古斯塔斯双双冲上了甲板。

和平常一样，水手们差不多都喝得醉醺醺的，没等他们把帆收好，一阵狂风已骤然而至。双桅船猛地一倾，横梁末端都差点儿触到水面。不过凭着避开风头，船在进了不少水后终于摆平。随后当甲板上一切刚刚弄妥，第二阵和第三阵狂风又相继袭来，但都没有造成什么损害。从各种迹象看，一场气势汹汹的风暴马上就要从西北方向来临。做好了一切防备暴风袭击的准备，“逆戟鲸号”照例用被风面收缩到最小程度的前桅下帆顶风停船。随着夜晚的临近，风势越来越猛，掀起阵阵惊涛骇浪。这时彼得斯随奥古斯塔斯下到水手舱来了，我们又开始继续商量我们的计划。

我们一致认为，就实施我们的计划而言，眼下的机会可谓千载难逢，因为谁也不会想到我们会在这样的时候采取行动。既然船已经稳稳当当地停住，那在天气好转之前没有必要升帆开船，如果我们夺船成功，到时候我们可以释放一两名水手，让他们协助我们驾船进港。我们所面临的主要困难是敌我力量悬殊。我们只有3人，可主舱里现在有9个人，而且所有的武器都在他们手中，只有彼得斯藏在身边的两支小手枪和别在腰间的一柄水手刀除外。还有就是从某些迹象来看，譬如说船上斧子撬棍之类的东西此时都不在它们平时放置的地方，我们开始担心大副已经有所怀疑，至少是对彼得斯起了疑心，这样他很可能会伺机把彼得斯除掉。实际上非常清楚，我们若要动手，那就越快越好。但极其不利的形势又不允许我们贸然行动。

彼得斯建议由他先上甲板，假装与值班水手（艾伦）

聊天，这样就可以看准机会神不知鬼不觉地把他推下海去。接着奥古斯塔斯和我马上出舱，想办法在甲板上找到适当的家伙作为武器，然后我们便一齐冲向主舱，趁他们来不及反抗就封死舱口。我反对这一建议，因为我不相信那位大副会允许自己这么轻易地就束手就擒（此人除了对那些会引起他迷信观念的事外，在其他各方面都精明诡谲）。甲板上有人值班之事实就充分证明了他已经有所防范，因为在暴风中收帆停船时派人在甲板上值班是极不寻常的事，除非是在那种必须严格执行纪律的船上。鉴于我的读者大多数（如果不是全部的话）都没有经历过海上航行，那我最好还是讲一讲在那样一种情况下一条船的确切情形。停船，或者水手们所说的“封帆”，是一种适用于多种目的的手段，可以按不同的方式来实施。在正常天气条件下，停船往往只是为了等候另一艘船，或是为了与此类似的目的。如果要在扯满帆的情况下停船，通常的做法是将部分帆篷转成逆帆，让风把它们吹得紧贴船桅，这样船就会慢慢停住。可我们现在所说的是顶风停船。这时候风是在船的前方，而且其猛烈程度不允许船扯起风帆，因为那样船就有倾覆的危险；有时即便是正当顺风，可浪头太大也不能扬帆行船。如果船在巨浪中顺风行驶，通常会因船尾大量进水而遭受严重损害，有时也会因船头扎水而出现险情。所以在这种情况下很少顺风行船，除非是因为万不得已。如果船出现漏水情况，那即使在滔天巨浪中也往往要顺风行驶，因为此时若要顶风停船，裂缝会因船体的拉紧变形而裂得更开，可顺风行驶时漏水情况则不会有那么严重。遇到以下两种情况时往往也必须顺风行驶：一是当风力太猛，以至于用来保持船头顶风的那块帆篷被撕碎的时候；二是当船体造型不当或其他原因，用上述手段停不稳船的时候。

根据船只各自独特的结构，顶风停船可采用不同的方式。有些船用前桅下帆顶风停得最稳，而我认为此帆在这种情况下被用得最多。大型方帆船有用于此目的的专用帆，叫作防风支索帆。不过船首三角帆偶尔也被单独使用，有时是三角帆和前桅下帆并用，或是用被风面收缩了一半的前桅下帆，用后帆顶风的情况也并非不常有。水手们经常发现用前桅上帆顶风比用其他各种帆都更奏效。“逆戟鲸号”顶风停船时一般是用被风面收缩到最小程度的前桅下帆。

当一条船要顶风停住时，通常先要让船头几乎正对风头，以便让顶风帆吃满背风，这时再稍稍调整该帆朝船尾绷紧的方向，也就是让其与甲板表面成一条对角线。做到这一点之后，船头便与风向形成一个只有几度的锐角，而船首向风的一面则当然会挡住波涛的冲击。在这种状态下，一条好船可以滴水不进地安然度过暴风期，而在此期间船上所有的人都无须再操什么心。此时舵轮往往被用绳子捆紧，但这样做其实毫无必要（除非舵轮松动发出噪声），因为当顶风停船时舵根本不起作用。实际上最好是让舵轮松着，而不是将其捆死，因为舵要是没有回旋之余地，则很容易被巨浪折断。只要顶风帆吃得住风，一条建造精良的船就可保持这种停船状态，躲过任何惊涛骇浪，仿佛它具有生命和理性。但如果顶风帆被风撕碎（这通常只有真正的飓风才能做到），那倾覆的危险就迫在眉睫。这时船会朝下风偏横，随之而来的舷侧迎浪则将使船完全受风浪的摆布。在这种情况下，唯一的生路就是尽快地让船掉头顺风，任其顺风疾行，直到能够扯起另一块帆篷。有些船可以不用任何帆而顶风停住，但这种停法并不可靠。

现在还是让我们书归正传。顶风停船时派人在甲板上值班绝非那位大副的惯常做法，而现在他派人值班之事实和斧子撬棍不翼而飞的情况都使我们确信那伙人已经早有戒备，因此彼得斯建议的突然袭击不会奏效。可我们必须采取某种行动，而且是动手越早越好，因为毫无疑问，一旦那伙人怀疑上彼得斯，那他们绝不会放过除掉他的机会，而这样一个机会在暴风袭来时肯定会被发现或者说被制造。

这时奥古斯塔斯提出了他的建议，他说要是彼得斯能设法找到借口搬掉他原来卧舱里那根压住活动地板的锚链，我们说不定能够穿过底舱出其不意地发起攻击。但稍加思索之后我们就认为，船摇晃颠簸得太厉害，这样的尝试根本没法进行。

幸运的是我最后终于想到了利用大副的迷信恐怖和良心负罪心理。读者应该记得，一位名叫哈特曼·罗杰斯的水手两天前喝过一杯掺水烈酒后就一直抽搐不已，并于这天上午死去。彼得斯两天前就告诉我们，他认为那个人是被大副毒死的。他说他有理由相信他这种认为确切无疑，但无论我们如何请求他也不肯向我们解释他的理由——这种固执的拒绝仅仅是他古怪性情的一种表现。不过无论他是否比我俩更有理由怀疑那是大副下的毒手，我们还是很容易就相信了他的怀疑，并因此决定了我们的行动计划。

罗杰斯是于上午11点左右在一阵剧烈的抽搐中死去的，死后仅几分钟尸体就变成了一种我所看见过的最令人毛骨悚然的样子。其腹腔膨胀之大就像一个人淹死后又在水中浸泡了几个星期的模样。那两只手的情形与腹腔一样，而那张脸却皱缩成一堆，颜色白得犹如石膏，只是上面有两三块非常显眼的红斑，就像是丹毒引起的那种。其中一块斜着伸延过面部，仿佛用一条红绷带蒙住了一只眼睛。尸体在中午抬出主舱打算抛进大海时就是这副可怕的模样，当时大副曾看了一眼（这是他第一眼看见那具尸体），不知是由于良心受到了谴责还是因为尸体的模样使他感到恐惧，他命令手下人把抬尸体的帆布吊床缝合起来，并允许举行通常的海葬仪式。他吩咐完这些就下舱去了，似乎是不愿再看到他这位受害者。当他的手下人正按照他的吩咐准备之时，暴风气势汹汹地袭来，于是葬礼被暂时搁置。孤零零丢在甲板上的尸体被浪头冲到了左舷，卡入了排水孔，我们商量计划的时候还在那里随船身的颠簸而摆动。

一旦决定了行动计划，我们便尽可能快地着手实施。彼得斯首先上了甲板，不出他所料，艾伦马上就跟他打招呼，这家伙值班的任务似乎就是为了监视水手舱。但这个恶棍的狗命很快就被悄悄地解决，因为彼得斯假装漫不经心地朝他靠近，仿佛是要上前与他搭话，但突然扼住他的咽喉，没等他喊出一声就把他抛过了舷墙。然后他招呼我俩上了甲板。我们要做的第一件事就是找到什么东西来作为武器，而做这件事我们不得不特别小心，因为船头每一次下颠时都有一阵巨浪冲过甲板，若不抓紧什么固定物，人在甲板上一刻也站不稳。而且我们必须动作迅速，因为显然船内正在大量进水，所以大副随时都有可能出舱来开动所有水泵。经过一番搜寻，我们能找到的适合于我们的武器就只有两根水泵手柄，于是我和奥古斯塔斯一人拿了一根。

找到武器之后，我们又脱下尸体上那件衬衫，并把尸体抛下了船。然后彼得斯和我立即回舱，奥古斯塔斯留在甲板上放哨，他站在艾伦刚才站的位置，背朝着主舱升降口，这样大副那伙人若有人上甲板，便可能把他误认为是艾伦。

我一进舱就开始把自己装扮成罗杰斯的尸体。我们从尸体上脱下的那件衬衫帮了很大的忙，因为它的式样特征都很古怪，很容易被那伙人一眼就认出——那是件蓝底白条的弹力绣花女衬衫，死者曾一直把它穿在其他衣服外面。穿上这件衬衫后，我又照着尸体腹腔肿胀那副可怕的样子进行伪装。这只消把枕套床单往衣服下面一塞就算完事。接着我戴上两双白色羊毛手套，并如法炮制往里塞了一些顺手抓到的破布片。然后彼得斯为我画脸，他先在我脸上涂了一层白垩粉，随之又割破一根手指在上面点出红斑。伸延过眼睛那道红斑当然没被漏掉，并被画得令人触目惊心。

第八章

当我借着一盏应急提灯朦胧的灯光，从挂在舱内的一块碎镜片中看自己的模样之时，那副模样竟使我感到了一种不可名状的畏惧，回想起我所装扮的那个真人的可怕模样，我甚至禁不住浑身发抖，一时间几乎下不了决心继续装扮下去。但我们必须果断地行动，彼得斯和我终于上了甲板。

发现甲板上平安无事，我们 3 人紧贴着舷墙，悄悄爬到了主舱升降口。舱口没被关严，而且采取了措施防止被人突然从外边关死，一根木棍被横在了升降梯的上方。通过枢轴处的缝隙，我们很容易就把舱内的情况看得清清楚楚。情况证明，我们没有贸然向他们发动突然袭击真是万幸，因为他们显然是处于戒备状态。舱里只有一个人在睡觉，而且就睡在升降梯旁，身边还放着一支步枪。其余的人都坐在从舱铺拖到地板的几个垫子上。他们正在热烈地交谈，虽说旁边的两个酒壶和一些锡制酒杯表明他们一直在喝酒，但看上去他们不像平时醉得那么厉害。所有的人都佩着水手刀，其中一两个人还有手枪，而一大堆步枪就放在他们伸手可及的舱铺上。

在决定如何动手之前，我们偷听了好一阵舱内的谈话，因为当时我们还只是想到用罗杰斯死而复活的假象唬住他们，并趁机向他们发起攻击，但对如何攻击尚未做出任何决定。那伙人正在讨论他们的海盗计划，从我们所能听清的内容来看，他们将与一艘纵帆船上的水手联合行动，那艘纵帆船名叫“大黄蜂号”，如有可能他们将夺取该船，并准备利用该船进行一次大规模的掠夺，但该计划的具体细节我们都没听清。

有个家伙提起了彼得斯，大副回答他时把声音压到了我们没法听清的程度，随后他提高嗓门说，他不明白彼得斯干吗对船长的小崽子那么热心，而且他认为他们俩越早掉下船去越好。没人应答他的话，但我们很容易就能看出舱里的人都听懂了他那番话里的暗示，尤其琼斯是心领神会。这时我感到非常不安。当我看出奥古斯塔斯和彼得斯都拿不定主意如何下手之时，我心中更是万分焦急。但我决心豁出生命，并尽可能地多干掉几个，决不容许自己被恐惧心理压倒。

狂风吹动索具和海浪冲刷甲板均发出巨大声响，我们只有在其间歇之片刻方能听见舱内的谈话。在这样的一次间歇中，我们清楚地听见大副叫他手下的一个人“到前边去命令那两个该死的笨蛋到主舱来”，他说这样就能用一只眼睛盯住他俩，因为他不希望有人在船上搞秘密活动。幸亏这时船身一阵猛烈地摇晃，阻止了他的命令被立即执行。那个厨师刚从垫子上站起身来想去叫我们，这时一阵我认为甚至会折断桅杆的猛烈倾斜突然把他抛向靠左舷的卧舱，他的头把卧舱门撞开，又造成一场极大的混乱。幸运的是我们3人都未被抛离原位，而且我们趁机匆匆退回到前舱，并赶在命令送达之前拟订了行动方案，可传达命令的人实际上只把头伸出升降口而没有上甲板。从那个位置他发现不了艾伦已失踪，所以他扯开嗓门向他重复大副的命令。彼得斯装出艾伦的声音含含糊糊地应了两声，厨师丝毫没起疑心就缩了回去。

这下我的两位伙伴放心大胆地来船尾并下了主舱，彼得斯随手按原来的方式关上了舱门。大副对他俩装出一副热情的样子，他对奥古斯塔斯说，由于他近来表现不错，因此可以和主舱的人住在一起，而且今后就是他们中的一员。然后他倒了满满一锡杯朗姆酒让他喝下。这一切我都看在眼里听在耳中，因为主舱门刚一关上我就紧随我的朋友来到了门边，并占据了我先前那个观察位置。我还随身带来了那两根水泵手柄，其中一根我稳妥地藏在了舱门旁边，以备需要的时候使用。

这下我尽可能地稳住身体，以便更好地观察舱内的情况，同时我努力鼓足勇气，只等彼得斯发出我们商定的信号就跳进那伙反叛者当中。过了一会儿，彼得斯设法将话题引到了叛变时那场血腥的屠杀，并慢慢地诱使那伙人谈起了在水手中普遍流行的上千种迷信。我不可能听清谈话的全部内容，但我能从那些人的表情中清楚地看出那些谈话的效果。大副明显地露出了不安的神情，当有人提到罗杰斯那副可怕的死相时，我认为他差点儿没昏死过去。这时彼得斯问他，难道他不认为最好是马上把那具尸体扔到海里去，因为看见它卡在排水孔摇来晃去的样子实在是太吓人了。这下那个恶棍简直透不过气来，他只是慢慢地扫视他手下那伙人，仿佛是在恳求哪一位上甲板去完成这项任务。但那伙人谁也没动一动，显然都害怕紧张得到了极点。彼得斯就在这时候向我发出了信号。我立即掀开舱口，迅速下到舱底，一声不吭地站到了那伙人中间。

若是考虑到当时的种种因素，我突然出现所产生的强烈效果也就不足为奇，通常在同类的情况下，一个人突然见到眼前的幻象时脑子里都会对其真实性闪过一丝怀疑，心中总会怀有一线希望，无论那希望是多么微弱，那就是希望自己是在被人愚弄，希望眼前的幻影不是真正来自那个冥冥世界的幽灵。可以这么说，遇到这种场合的每个人心中都会对幻象抱有一丝怀疑，即便是在造成最恐怖之效果的最典型的实例中，吓得人丢魂丧魄的原因也往往是由于目睹幻象的人自己心中有鬼，唯恐幻象可能是真的，而并非因为对其真实性笃信不疑。但读者在眼下这个实例中马上就会看到，在那帮反叛者的心目中，对罗杰斯之死而复活甚至不可能有丝毫怀疑的余地，至少他们也会以为是罗杰斯在显灵。大海孤舟且暴风阻隔的情形显然把被人愚弄的可能性限制在了这条小小的双桅船上，而对自家人玩的骗人把戏，他们肯定自信一眼就能看穿。他们当时已在海上航行了 24 个昼夜，其间除了喊话之外未曾同任何船只有过接触。而且除了在甲板上值班的艾伦之外，船上的全体人员（至少是他们有最充分的理由认为的全体人员）都在主舱内，而艾伦高大的身躯（他身高 6 英尺 6 英寸）他们再熟悉不过，因此他们脑子里绝不会有眼前的幻影会是艾伦的念头。除此之外，令人生畏的风暴之夜、彼得斯引起的那些迷信话题、真正的尸体留在他们记忆中的可怕印象、我装扮死者之惟妙惟肖，加之他们看我时摇晃不定的提灯照在我身上的灯光忽明忽暗，这一切都更不容许他们有理由产生怀疑，因而读者也没有理由惊叹我们这一招产生的强烈效果甚至超过了我们的期望。大副从他躺着的垫子上惊跳起来，接着连哼也没哼出一声就倒在地板上死了，他的尸体像一截木头随着船身的猛一倾斜滚向了下风一侧。剩下的 7 个人中只有 3 个人开始还有那么点清醒，另外 4 人一时间吓得呆若木鸡，那种魂飞魄散的样子看上去真是又可怜又可笑。进行反抗的 3 个人是厨师西摩、约翰·亨特和理查德·帕克，但他们的反抗软弱无力而且犹豫不决。前两人转眼之间就被彼得斯一枪一个结果了性命，帕克则被我用带在手边的那根水泵手柄猛击头部而倒地。与此同时，奥古斯塔斯抓起地板上的一支步枪，一枪打穿了另一名叛变者(威尔逊)的胸膛。此时对方只剩下 3 人，但这时候他们已从愣怔中清醒过来，而且说不定已开始看出他们是受了愚弄，因为他们的反抗既坚决又凶狠，若不是彼得斯臂力过人，他们当时也许会占据上风。这 3 个人是琼斯、格里利和阿布萨隆·希克斯。琼斯把奥古斯塔斯扑倒在地板上，用水手刀在他的右臂上一连刺了几刀，要不是一位我们没指望其帮助的朋友及时赶来相救，奥古斯塔斯无疑会死于那个恶棍的刀下（因为当时彼得斯和我都没法立即解决我们各自的对手）。这位赶来助战的朋友就是虎。正当奥古斯塔斯的处境万分危急的时候，虎一声咆哮冲进了主舱，并纵身扑向琼斯，转眼之间就把他压倒在地板上。但此时我的朋友因伤势太重而不能给予我们任何援助，而我则因为那身伪装的妨碍而使不出劲儿。虎咬住琼斯的咽喉不肯松开，不过彼得斯一人已足以对付剩下的两名歹徒，要不是因为舱内空间狭窄展不开手脚，加之船身剧烈地摇晃，他无疑早就结果了那两个家伙。最后，他终于抓起了舱内几张凳子中的一张。当格里利正举起一支步枪要向他开火之时，他用那张沉重的凳子砸出了他的脑浆，接着船身的一阵摇晃使他与希克斯撞了个满怀，他趁势掐住了对方的脖子，他那双虎钳般有力的大手顿时就让那家伙一命归西。这样，真是说时迟那时快，顷刻之间我们就发现自己已经是这条船的主人了。

对方唯一活下来的人是理查德·帕克。读者应该记得，此人在搏斗一开始就被我用水泵手柄击倒在地。现在他一动不动地躺在七零八落的卧舱门边，但当彼得斯用脚踢他时，他突然开口恳求饶命。他除了头顶被砸开一条小口子，其他地方都没受伤，刚才只是被一下打昏过去。这时他爬起身来，我们暂时把他的双手反捆在身后。那条狗还冲着琼斯不停咆哮，可待我们上前一看，却发现那家伙早已经断气，血正从他喉部一道深深的伤口往外流淌，那道口子当然是被虎的尖牙撕开的。

当时大约是凌晨 1 点，风仍在呼呼地刮着。双桅船明显地比平时颠簸得更厉害，采取什么措施使它多少平稳一点成了绝对之必要。船每一次朝下风倾斜都有一阵浪头冲上甲板，在我们混战之时甚至有水冲进了主舱，因为我进舱时没有把舱门关上。整个左舷舷墙都被浪头撕裂并卷走，被卷走的还有舱面厨房和船尾的那艘小艇。主桅的松动和吱嘎声说明它几乎快被折断。为了让底舱后部有更多的余地，该船主桅的桅座只嵌在两层甲板之间（此乃无知的造船者偶然犯下的一个不可饶恕的错误），所以我们正面临主桅从桅座脱落的危险。但更糟糕的是，当我们用铅锤测水泵井时，发现舱底积水已达 7 英尺深。

把那伙人的尸体丢在主舱，我们立即上甲板摇泵抽水。帕克当然被释放，以便帮助我们干活儿。我们尽可能地包扎好了奥古斯塔斯受伤的胳膊，他也尽其所能地出力，但很微薄。不过我们发现只要能尽量使一台水泵不停转动，我们基本上还能控制住漏水往上漫的势头。由于我们只有4个人,这是一份很重的活儿,可我们都努力振作精神，眼巴巴地盼着天亮，我们希望到时能砍掉主桅以减轻船的自重。

我们就这样在焦急和疲劳中熬过了夜晚，当天色终于破晓时，暴风既没有减弱，也没有任何要减弱的迹象。这时我们把舱内的尸体拖上甲板，一具具地抛入了水中。接下来我们要做的就是砍掉主桅。做好了必要的准备工作，彼得斯动手砍桅杆（已在主舱内找到了斧头），我们剩下的3人则分别站在桅索和帆索旁。趁着船身朝下风面的一次猛烈倾斜，上风一方的支索随彼得斯一声令下被同时砍断，这下整个主桅连帆带索一头扎进了海里，桅杆倒下时未触及船身，因而船体未遭受任何实质性损害。这时我们发现船不再像刚才那样颠簸，但我们的处境仍然十分危险。尽管我们已尽了最大的努力，但现在若不用双泵抽水我们已没法控制漏水的势头。奥古斯塔斯能给予我们的帮助的确微不足道。此时又雪上加霜，一个把船推向上风的巨大浪头使船偏离了风向几度，而不待船重新恢复其位置，另一个浪头又猛然袭来，船顿时倾斜得连横梁末端都触到了水面。这下压舱物全部滚到了下风一侧（舱内物品碰来撞去已有多时），一时间我们以为船肯定会倾覆。但过了一会儿,船身又稍稍摆平了一点,然而船里的东西还全部压在左舷一侧，船身极度的倾斜使我们摇泵排水的工作已成为徒劳，实际上我们也不可能再干下去，因为连续不断地摇柄已使我们的双手完全磨破，正非常可怕地淌着鲜血。

不顾帕克的劝告，我们开始动手砍掉前桅，由于处境艰难，我们费了不少劲才将其砍断。前桅坠水时把船首斜桅也一并拖走，这时我们只剩下一个光秃秃的船壳。

到此为止，我们尚有理由庆幸船上最大的一条小艇还安然无恙，一排排冲上甲板的巨浪还没有对它造成任何损坏。但好景不长，因为在前桅落水时，用来顶风稳船的前桅下帆当然也随之而去，这下每一个浪头都无遮无拦地冲击船身，在整整5分钟内，一排接一排的巨浪不断席卷整个甲板，那艘小艇和右舷舷墙都被卷走，连起锚绞盘也被砸成了碎块。我们当时的处境的确已经糟得不能再糟。

到中午时分，风势好像有减弱的征候，但结果令我们大失所望，因为风力只减弱了几分钟，然后就加倍地呼啸肆虐。到下午4点钟光景，人已完全不可能迎风站立。而当夜幕笼罩我们的时候，我们已丝毫不怀有此船还能熬到天明的希望。

到半夜里船已下沉得很厉害，积水已经漫到底层甲板。舵随之被冲走，把舵冲走的那排巨浪将双桅船的后半部分整个举出了水面，船砰然坠下的那种震荡通常只有搁浅时才会发生。我们本来都以为舵能坚持到最后，因为那柄舵异常结实，无论在那之前或自那以后我都不曾见过装备得像它那样坚固的船舵。沿船尾柱的内壁嵌绕着一圈圈粗实的铁环。一根粗铁棒从这些环中穿过，舵就这样固定在船尾柱上，并能随那根铁棒自由转动。我们估计海浪巨大的力量之所以能把舵冲走，也许是因为出现了这样的情况：船尾柱内那些铁环被扭弯，结果一环一环地被拉出了坚实的木柱。

我们刚从那阵剧烈的震荡中喘过一口气来，一排我从未见过的大浪又猛然冲过甲板，卷走了扶梯，涌进了舱口，让整条船都灌满了水。

第九章

幸亏在天黑之前我们4人都用绳子把自己牢牢地捆在了被砸碎的绞盘上，并尽可能地在甲板上保持平卧的姿势。正是这个措施拯救了我们的生命。事实上我们4人当时都或多或少地被砸在我们身上的那排巨浪给打蒙了，巨浪直到我们都快要支持不住时才从我们身上滚过。我一缓过气来就大声呼唤我的伙伴。开始只有奥古斯塔斯一人回答，他说："我们没指望了，愿上帝可怜我们的灵魂。"过了一会儿另两位伙伴也喘过气来，这时他俩鼓励我们振作精神，说事实上还有生的希望。由于舱内货物的性质，双桅船完全不可能沉没，而且大风有可能到早晨就过去了。这些话为我注入了新的活力，因为说来也许显得奇怪，尽管一条装满空油桶的船显然不会下沉，可我当时心里乱得全然忽略了这一点，所以一度还以为迫在眉睫的危险就是沉没。由于重新燃起了活命的希望，我抓住每一个机会加固把我系于绞盘残体的绳子，而且我很快就发现伙伴们也都在这么做。夜黑得不能再黑，周围可怕的喧嚣骚动简直没法形容。此时甲板同海面已一般高，更确切地说是我们被一道隆起的水墙包围，波涛每时每刻都在拍打我们。可以这么说，我们的头在每 3 秒钟内只有 1 秒钟能露出水面。虽说我们挨得很近，可我们谁也看不见谁，其实船身的任何部分我们都看不见，尽管我们的身体正在船体上碰撞。我们不时相互呼唤，以此努力使自己不丧失信心，同时又给予伙伴最最需要的安慰和鼓励。奥古斯塔斯的衰弱令我们都为他担忧，他右臂的伤势使他肯定不可能系紧绳子，我们担心他随时都会被海浪冲走，但我们又毫无可能助他一臂之力。幸运的是他当时的处境比我们 3 人都更安全，因为他的上半身正好趴在破绞盘部分残体之下，汹涌而来的海浪都被绞盘残体撞碎。若非如此（他是在把自己系于一个很暴露的位置后被偶然冲到绞盘下边的），他肯定在天亮之前就会不可避免地死去。由于船体倾斜得很厉害，所以我们相对说来不那么容易被卷走。正如我前面所说，船是向左舷倾斜，结果甲板有一半一直被淹在水中。所以从右舷冲来的波涛基本上被舷侧碰碎，只要我们尽可能平卧，冲到我们身上的只是些碎浪，而从左舷涌来的浪头则是那种对我们并无多大影响的所谓的回浪，鉴于我们有绳子固定并低伏身体，它们没有足够的力量把我们冲走。

我们就在这种可怕的处境中熬到了天亮，可黎明为我们展示的却是一番更可怕的情景。此时双桅船就像是一根木头，正在汹涌澎湃的大海中随波逐浪。风力还在加强，已经变成了一场名副其实的飓风，看来我们已没有希望在人间获得拯救。好几个小时我们都默不作声，以为固定我们身体的绳索随时都会断掉，或者破碎的绞盘随时都会脱离船身，要么就是从四面八方咆哮着涌来的巨浪会把船体压入太深的水下，不待它重新浮出水面就把我们淹死。但多亏上帝的怜悯，保佑我们脱离了这些危险，并在中午时分用神圣的阳光给我们以安慰。随后我们就感觉出风力明显减弱，这时自昨晚后半夜就一直没吭过声的奥古斯塔斯突然开口说话，他问躺得离他最近的彼得斯，他是否认为我们还有获救的可能性。由于一开始没听见回答，我们都以为那个混血儿已经被淹死在他躺的地方，但不久我们就高兴地听到他说话了，尽管声音非常微弱。他说绳子把他的腹部勒得太紧，他正在经历极大的痛苦，若不设法松开绳子他肯定会死去，因为他已不可能再忍受那样的痛苦。他的话使我们感到很悲哀，由于海浪仍在继续拍打我们，我们想帮他一把也是心有余而力不足。我们只能鼓励他咬紧牙关坚持，说只要一有机会就帮他解开绳子。他回答说那也许太迟了，他说不定在我们能救他之前就会完蛋。然后他痛苦地呻吟了一阵就不再吱声，这时我们断定他已经死去。

当夜幕降临时大海已平静了许多，现在差不多要等5分钟才有一个浪头从上风面涌过船体，风也大大减弱，尽管还在呼呼地吹。我已有几个小时没听见伙伴们说话，这时我呼唤奥古斯塔斯，他回答的声音很微弱，以至我听不清他说些什么。接着我又喊彼得斯和帕克，但他俩谁也没有回答。

其后不久我陷入了一种半昏迷状态，恍惚之间脑子里浮现出许多最令人愉快的画面，譬如青葱苍翠的树木、起伏的金色麦田、一排排跳舞的姑娘、一队队骑马的士兵。我现在还记得当时闪过我脑际的那些画面基本上都在动。因此我的幻觉中没有诸如房子山岭之类的静止的物体，而是接连不断地闪现出风车、船只、巨鸟、气球、骑马的人、飞驰的车以及诸如此类运动着的事物。当我从这种状态中恢复过来的时候，我估计太阳已经升起了约有一个小时。当时我简直回想不起与自己处境相关的任何情况，一时间竟以为我还待在底舱，还待在那箱子附近，而帕克的身子就是虎的躯体。

待我完全恢复神志，我发现海面上吹拂的不过是一阵微风，大海也相对平静下来，波涛只是轻轻地拍打着船体。我的左臂已从捆绑中挣脱出来，肘部被绳子严重勒伤，而右臂则完全失去了知觉，手掌和手腕都肿得很厉害，这是由于肩下那条绳子勒得太紧的缘故。捆在腰间的另一根绳子也令我痛苦不堪，它已经被拉紧到难以忍受的程度。掉头看我的伙伴，我发现彼得斯还活着，只是他腹部那根绳子勒得实在太紧，看上去他几乎都快被勒成两截。我看他之时，他朝我微微点了点头，示意我看那根绳子。奥古斯塔斯没有丝毫还活着的迹象，他弯曲的身体躺在绞盘的另一边。帕克看见我在动便跟我说话，问我是否有足够的力气帮他解开绳子，说如果我能打起精神并设法解开他身上的绳索，那我们说不定还有一条生路，要不然我们都必死无疑。我叫他振作起来，并告诉他我会尽力使他摆脱束缚。我用左手在裤兜里摸到了我那把折刀，试了几次之后终于打开了刀刃。然后我设法让右臂从捆绑中解脱出来，过了一会儿又割断了我身上的所有绳索。

但当我试图移动时，我发现自己的双腿完全不听使唤，根本没法从甲板上站起，同时我的右臂也不能活动。我把这种情况告诉帕克，他吩咐我用左手抓住绞盘静躺几分钟，让血液有足够的时间恢复循环。我照他的话躺下，过了一会儿就觉得麻木开始渐渐消失，两条腿慢慢地能够活动，随之右臂也部分地恢复了功能。这一次我没试图站起来，而是小心翼翼地爬到帕克身边，很快就把他身上的绳索全部割断，稍稍过了一会儿，他的四肢也基本上恢复了功能。这下我们马上去解捆住彼得斯的那根绳子。那绳子磨穿了他那条厚呢裤的腰带和两件衬衫，在他的腹部勒出了一条深深的口子，当我们解开绳子时，那道伤口流了不少血。不过我们刚一抽掉绳子他就能开口说话，似乎痛苦顿时减轻——他行动起来甚至比帕克和我都轻松得多，这毫无疑问是因为血液排出的缘故。

我们对奥古斯塔斯能否活过来都不抱太大的希望，因为他显然已没有一点生气，可当接近他时，我们发现他只是因为失血过多而昏迷，我们为他伤臂包扎的绷带早已被激浪撕掉，把他系于绞盘的那些绳子倒没有一条紧得要他的命。松掉他身上的绳子后，我们把他抬离绞盘，放到了一个迎风干燥之处，我们让他的头稍稍低于身子，然后一起使劲揉搓他的四肢。半小时之后他活了过来，尽管直到第二天早晨他似乎才认出我们，或者说才有足够的力气开口说话。当我们全部摆脱绳索的束缚时天又黑尽，头顶上又有乌云开始积聚，所以我们都感到极度不安，生怕又会狂风大作，在我们那种精疲力竭的情况下，再起大风我们肯定只有死路一条。幸亏夜间天气保持温和，大海也越来越显平静，这给了我们最终获救的希望。仍有一阵微风从西北方吹来，但天气一点也不冷。我们用绳子小心地把奥古斯塔斯固定在上风面，以确保他不致因船体的摇晃而坠入水中，因为他仍然虚弱得不能自己保持平衡。至于我们 3 人则没有这种必要。我们拉着绞盘周围的断绳紧挨着坐了下来，开始商量逃离危险的办法。脱下衣服拧干使我们好受了不少。当重新把衣服穿上时，我们感到既暖和又舒服，这使我们的精神也为之一振。我们帮着把奥古斯塔斯的衣服也脱下拧干，这下他也感到了同样的舒服。

这时候我们主要的痛苦就是又饥又渴，而当我们寻求解除饥渴的办法时，我们的心都不由得往下一沉，甚至开始惋惜过早地逃脱了远没有饥渴可怕的海浪的威胁。但我们仍然用有可能很快被过路船只搭救的希望来安慰自己，并互相鼓励要坚忍不拔地承受可能发生的灾难。

7 月 14 日的黎明终于来到，天气依然晴朗宜人，有一股稳定而柔和的风从西北方向吹来。此时海面已非常平静，而且不知是什么原因，双桅船已不再像先前那么倾斜，甲板基本上干透，我们能在上面自由移动。到此为止我们几乎已 3 天 3 夜没吃没喝，想办法从舱里弄出点什么已成了绝对的必要。但由于船舱里灌满了水，我们开始这项工作时仍信心不足，心中几乎不抱有真能捞出点什么的希望。我们从残存的舱口罩上拔下些钉子，再把钉子钉入两块木板，然后将木板合拢制成了一个类似爪锚的捞耙。最后我们用一根绳子系住这个捞耙，并将其抛下主舱来回拖曳，希望能侥幸捞出点什么可以充饥的东西，或至少捞到件什么可以有助于我们获取食物的工具。我们花了大半个上午来进行这场白费力气的打捞，结果只捞上来一些容易被钉子钩住的床单枕套。我们的打捞工具实在太笨拙，不可能指望它会有更大的收获。

我们又在前舱捞了一阵，但结果同样是徒劳无功，正要完全绝望之时，彼得斯建议用绳子把他拴住，让他设法潜入主舱寻找食物。这一建议顿时令我们欢欣鼓舞，使我们心里重新燃起了希望。他马上脱掉了上衣，只穿裤子。我们将一条结实的绳子小心地系在他腰间，并往上绕过他的双肩结成保险扣以防滑脱。这项任务既艰巨又危险，因为我们本来就不可能指望会找到多少食物，而且即便舱内有给养，潜水者下水后也必须右转弯向前游十一二英尺，并穿过狭窄的通道进入卧舱，然后再返回，其间没有吸气的可能。

一切准备停当，彼得斯顺着升降梯走到水没脖子之处。然后他一头扎入水中，右转弯向前猛游，试图到达卧舱。但他的第一次尝试完全失败。他入水还不到半分钟我们就感到绳子被猛地拉动（这是我们约定的他要我们拉他上来的信号）。于是我们马上把他拉出水面，但由于太不小心，结果使他重重地撞上了扶梯。他什么也没有带回，因为他发现必须花很大力气才能使自己不致上浮碰着甲板，他实际上在水下只游了很短一段距离。出水后他已经筋疲力尽，不得不休息了整整 15 分钟才又开始第二次冒险下潜。

这一次甚至比第一次更糟，见他在水下待得太久而没发信号，我们不由得为他的安全担忧，便不等信号就把他拉了上来，结果发现他几乎已经奄奄一息，他说他在水下曾不断地猛拽绳子，可我们在上面却毫无感觉。这很可能是因为绳子的某部分缠在了升降梯脚的扶栏上。这段扶拦实在太碍事，我们决定在进行第三次尝试之前尽可能将其除掉。由于除掉扶拦需要较大的力量，我们大家都顺着升降梯下到水里，一齐用劲儿才终于把它拉掉。

第三次尝试同前两次一样没有成功，而情况非常明显，必须借助某种重物使潜水员能稳住自己的身体，他才能在舱内进行搜寻。于是我们花了很多时间在甲板上寻找这样的重物，最后终于欣喜地发现前锚链上有一环已松动，我们没费多大力气就把它给拧了下来。将此物牢牢地固定在一只脚腕上，彼得斯第 4 次潜下主舱，这次他成功地到达了事务员卧舱的门前。可真令他说不出的悲哀，他发现舱门锁着，而他未能设法进入就不得不返回，因为他最多只能在水下潜 1 分钟。我们的前景看来非常暗淡。想到我们所面临的重重困难，想到我们几乎已不可能死里逃生，奥古斯塔斯和我都禁不住流下了眼泪。但这种懦弱并没持续多久。我们很快就跪下来向上帝祈祷，恳求他帮助我们战胜眼前的千难万险，然后我们带着新的希望和活力站起身，开始考虑还能用人世间的手段做些什么来拯救自己。

第十章

不久之后发生了一件事，一件我禁不住认为最震撼人心的事，它先让人心里充满极度的狂喜，随之又令人感到无以复加的恐惧，它甚至比我在其后漫长的9年中许多不同的情况下所遇到的最令人震惊、最玄妙莫测、最不可思议的事件还更惊心动魄。当时我们正半躺在靠近升降口的甲板上，正在讨论再次潜入卧舱的可能性，这时我抬眼看躺在我对面的奥古斯塔斯，发现他的脸骤然之间变得煞白，他的嘴唇以一种最异乎寻常、最莫名其妙的方式直打哆嗦。我惊恐地跟他说话，可他没有回答。我开始以为他是突然发病，于是我注意看他的眼睛，这时我发现他的目光显然是直瞪瞪地盯住我身后的什么目标。我掉头一看，我永远也忘不了当时那阵震撼我每一根神经的狂喜，因为我看见一艘大型双桅船正向我们驶来，离我们最多只有2

英里。我就像胸口挨了颗子弹似的猛然跳起身，朝着那艘船张开双臂，一动不动地保持着那个姿势，激动得一句话也说不出来。彼得斯和帕克也同样欣喜若狂，尽管其表达方式各有不同。彼得斯像个疯子似的在甲板上手舞足蹈，嘴里喊着最疯狂的胡话，其间还混杂着一声声狂笑和诅咒；帕克则突然涕泪滂沱，像个孩子似的大哭了好一阵。

我们看到的是一艘前桅装横帆、主桅配纵帆的大型双桅船，荷兰式造型，船身被漆成黑色，船头涂金描彩，装饰得很俗丽。它显然饱经过狂风巨浪的袭击，我们猜想使我们陷入困境的那场风暴也令它吃尽了苦头，因为它的前桅上帆已不翼而飞，右舷舷墙也被撕掉了一大块。正如我刚才所说，我们第一眼看见那艘船时它在我们上风约 2 英里处，而且正在向我们驶近。当时风力非常柔和，可令我们吃惊的是，那艘船除了前桅下帆、主桅主帆和一块斜桅三角帆之外，其余的风帆都没有扯起——它的速度当然很慢，以至我们急得都快要发疯。此外，尽管我们当时万分激动，但都注意到了那艘船行驶得很笨拙。它偏航偏得非常厉害，以至有一两次我们以为船上的人不可能看见了我们，或以为船上的人虽然看到了我们的破船却未发现甲板上有人，所以它要掉头改变航向。每次看见它掉头，我们都用最大的声音又喊又嚷，于是它似乎又改变主意，再次转舵向我们驶来——这种奇怪的突然掉头重复了两三次，所以我们最后只能认为那艘船的舵手一定是喝醉了。

起初我们一直看不见那艘船上的人，直到它离我们只有四分之一英里时我们才看到它的甲板上有 3 名水手，从他们的装束来看像是荷兰人。其中两人躺在水手舱近旁的一堆旧帆上，第 3 位则俯身于右舷靠近船首斜桅之处，似乎正非常好奇地打量我们。这是一位粗壮高大、皮肤黝黑的水手。他以一种快活但极其古怪的方式向我们点头，并一直露出一口又白又亮的牙齿向我们微笑，看上去像是在鼓励我们再耐心地坚持一会儿。当那艘船驶得更近时，我们看见一顶红色的法兰绒帽子从他的头上掉进了水中，可他对此没有在意或者说置之不理，仍然以那种古怪的方式继续向我们点头微笑。我必须告诉读者，我在此不厌其烦地讲述的细节与当时看上去的情况毫无二致。

那艘船慢慢靠近，行驶得比刚才平稳，而——我简直没法平静地讲述这件事——当时我们的心怦怦乱跳，我们用狂呼呐喊来倾吐满心的喜悦和对上帝的感恩之情，是上帝派来救星，那完美的、辉煌的、不期而至的救星已伸手可及。可突然，突然，从那近在咫尺的船上飘过来一种气息，那是一种恶臭，一种这世界上叫不上名说不出味的恶臭，一种发自地狱的恶臭，一种令人窒息、令人难忍的惊人的恶臭。我气喘吁吁地扭头看我的伙伴，只见他们一个个脸色苍白。可我们当时无暇去怀疑，去猜测——那艘船离我们已只有50英尺，看样子是要从我们的船尾突出部擦过，这样它不用放小艇我们就能登上它的甲板。我们向船尾突出部冲去，可它的航向突然之间又猛偏了五六度，当它从距我们的船尾20英尺处的海面经过之时，我们一览无遗地看到了它的整个甲板。我今生能忘记那副惊魂荡魄的惨象吗？包括几名妇女在内的二三十具尸体横七竖八地躺在船尾和舱面厨房之间，全都腐烂到了最令人恶心的程度！我们清清楚楚地看见那艘死亡之船上没有一个活人！可我们仍然禁不住高声向那些死者求救！是的，在那个最最痛苦的时刻，我们都声嘶力竭地苦苦哀求那些不会说话而且令人作呕的尸体，求它们掉转船头，求它们别抛下我们，求它们别让我们也变成它们那样，求它们接纳我们作它们的伙伴！恐怖和绝望使我们精神失常！极度的痛苦使我们完全发疯。

随着我们第一阵恐怖的哀号，从那艘船船头斜桅附近传来了一声回应，那声音非常像是人在尖叫，以至最灵敏的耳朵也会吃惊，也难辨别。此时那船又突然偏舵，一时间把水手舱附近的前甲板送到了我们眼前，而我们一眼就看到了声音的来源。我们看见那个粗壮高大的身躯仍旧俯在舷樯上，仍然在不住地点头，但这时他背向着我们，所以看不见他的脸。他的双臂伸过栏杆，他的双手垂下，掌心向外。他的双膝跪在一根粗绳上，粗绳紧紧地绷在斜桅桅座与锚架之间。他衬衫的背部被撕掉了一大块，赤裸的背上站着一只巨大的海鸥，那海鸥正贪婪地啄食可怕的人肉，它的长喙和利爪都深深陷在肉中，它白色的羽毛上溅满了血迹。那船继续偏移，使前甲板离我们的视线更近。那只鸟显然很吃力地拔出它沾满血肉的长喙，仿佛受了惊似的把我们盯了一阵，然后懒洋洋地飞离那具让它饱餐了一顿的尸体，径直飞到我们的甲板上方，在我们头顶上盘旋了一会儿，嘴里还叼着一块血糊糊的像是肝的东西。那可怕的血块最后直端端溅落到了彼得斯的脚边。愿上帝宽恕我，可就在那一刻，我脑子里第一次闪过了一个念头，一个我不愿提到的念头，而且我觉得自己朝那块血糊糊的东西移动了一步。这时我抬起头，奥古斯塔斯的眼光正好与我紧张而急切的目光相遇，使我猛然清醒过来。我急步向前，战栗着把那可怕的东西扔进了海里。

被那只食肉巨鸟啄食时，那具靠在绳子上的尸体自然很容易前后晃动，正是这种晃动使我起初以为那是个活人。由于海鸥减轻了它的重量，它晃动时侧向一边，这样就露出了他的整张脸。肯定从来没有过那么可怕的一张脸！眼睛被啄掉，嘴边的肉也被吃光，全部牙齿暴露无遗。这就是曾唤起我们希望的微笑！这就是……但我还是不说为妙。如我前文所说，那艘船从我们的船尾经过，慢慢地但是不停地驶向下风。随着它和它可怕的乘员们的离去，我们获救的希望和欢乐也化为泡影。要不是突然的失望和惊人的发现使我们一时间呆若木鸡，它慢慢经过我们的船时，我们本来有可能设法登上它的甲板。当时我们能看，能感觉，却不能思考，不能行动，直到，唉，直到为时太晚。从下面这个事实就可看出那件事在多大程度上削弱了我们的智力：当那艘船远得只在水面上露出半个船身之时，我们中还有人认真地建议游泳去追它！自那之后我曾努力打听过那艘船的下落，想弄清招致它毁灭的原因，但结果终归徒然。正如我前文所说，它的造型和外观使我们认为它是一艘荷兰商船，船上那些人的装束也证实了这种判断，我们本来可以轻易地看到它船尾部的船名，实际上还可以观察到其他有助于我们弄清它来历的情况，但当时的过分激动使我们对这些都视而不见。有些尚未完全腐烂的尸体呈番红花的颜色，我们据此断定那船上的人均死于黄热病，或是某种和黄热病同样可怕的致命疾病。若果真如此（我不知道还能有什么别的推测），从那些尸体的位置来看，死亡肯定发生得极其突然并不可抗拒，其方式完全不同于人类所熟悉的那些哪怕是最致命的瘟疫引起的死法。实际上也有可能是某种毒物偶然混入食品导致了那场灾难，或是因为那些人误食了某种有毒的鱼、有毒的海中动物或有毒的海鸟——但这些推测都无助于揭示被包裹住的真相，真相无疑将永远被包裹下去，包裹在那个最触目惊心、最神秘莫测的谜中。

第十一章

我们在一种神志恍惚的状态中度过了那天剩下的时光，直到夜幕完全遮掩了那艘我们眼巴巴看着渐渐远去的船，我们才稍稍回过神来。这时饥渴又开始折磨我们，使我们忘记了其他所有的担心和忧虑。可在天亮之前我们什么也做不成，把身体尽可能地固定在甲板上之后，我们力图趁机休息一下。我竟然意想不到地真睡了一觉，直到我那些没这么幸运的伙伴第二天早上把我唤醒，以便重新开始从舱内打捞食物的尝试。

空中没有一丝风，海面平静得不能再平静，天气温暖而宜人。那艘船早已经无影无踪。我们开始做准备工作，费了点力从前锚链上又拧下一环。彼得斯两只脚都套上重物之后，他又试图接近那道舱门，心想只要能及时到达那里，他就有可能把舱门弄开。他希望这次能成功，因为船体比任何时候都更平稳。

他果然很快就到了那个卧舱门口，这时他从脚腕上脱下一环锚链，用它使劲儿地砸门，但未能成功，舱门远比预料的更结实。在水下待得太久使他精疲力竭，我们中必须有另外的人接替他的位置。这时帕克自告奋勇，但试了三次之后，发现他甚至不可能游到舱门前。奥古斯塔斯右臂的伤势使他下水也没用，因为即便他能到达舱门也无力把门弄开，因此拯救我们的重任就责无旁贷地落到了我的肩上。

彼得斯把一环锚链留在了过道中，我一下水就发现没有足够的重物保证我稳稳地潜到水底。所以我决定第一次入水的目的就只是找回那环锚链。在顺着过道地板摸索时我触到了一件硬东西，我一把将其抓住，来不及弄清它到底是什么就尽快转身浮出了水面。那硬东西原来是一个酒瓶，而要是我说出瓶里装满了红葡萄酒，读者也许能想象我们当时那股高兴劲儿。为这及时并令人欣慰的援助感谢过上帝之后，我们马上用我那把折刀撬开了瓶塞，每个人有节制地喝了一口，大家顿时感到了一种说不出的温暖和舒服，精神为之一振，身上也有了力量。然后我们塞好瓶塞，并用一条手巾小心翼翼地把瓶子吊好，以免它被撞破。

在这幸运的发现之后我休息了一会儿，接着又一次潜入水中，这次我找到了那环锚链，并带着它立即返回甲板。我套上那环锚链后第三次潜入水下，这次尝试使我确信，在当时那种情况下，我无论如何也不可能弄开那道舱门。于是我只好绝望地返回。

看来我们已不再有任何希望，从伙伴们的表情中，我能看出他们已接受了即将死去这个事实。酒精的作用显然使他们陷入了一种谵妄状态，而我之所以得以幸免也许是因为喝过酒就入水浸泡的缘故。他们开始语无伦次地谈起与我们当时的处境毫不相干的事情。彼得斯一再问我有关楠塔基特的情况。我记得当时奥古斯塔斯一本正经地凑到了我跟前，要我借给他一把梳子，因为他头发上沾满了鱼鳞，而他希望在上岸之前把它们梳掉。帕克看上去稍稍清醒一点，他催促我任意潜入主舱，碰到什么就捞起什么。我答应了他的请求，第四次下水潜了足足1分钟，捞上来一个属于巴纳德船长的小皮箱。我们立即把箱子打开，希望能侥幸发现什么可充饥或解渴的东西。然而箱子里只有一盒剃须刀片和两件亚麻衬衫。我再次潜入水中，但这次空手而归。我的头刚一露出水面，就只听甲板上传来砰的一声，我爬上甲板一看，发现原来是我的伙伴们趁我不在之机忘恩负义地喝干了瓶里剩下的酒，想赶在我出水之前把空瓶放回原处，结果却在慌忙中将其打碎。我指责了他们这种不义之举，当时奥古斯塔斯流下了眼泪。而另外两人则想把该事当作一场恶作剧一笑置之，但我希望今生今世不要再看见那种笑容，那种扭鼻子歪嘴巴的嬉皮笑脸只让人感到恶心。其实显而易见，在他们的肠胃都空空如也的情况下，酒精强烈的刺激马上就见效，他们一个个都酩酊大醉。我好不容易才哄劝他们躺了下来，这下他们很快就呼呼大睡，甲板上顿时鼾声如雷。

此时我觉得这破船上仿佛只有我一个人，我当然感到了极度的恐惧和绝望。我看不到任何生路，唯一等待我们的就是慢慢饿死，或者痛快一点在随时都可能刮起的第一阵大风中葬身鱼腹，因为在那种精疲力竭的状态下，我们绝无希望再逃过一场大风。

我当时体验到的那种饥肠辘辘实在令人难以忍受，我觉得只要能减轻那种饥饿感，我什么东西都能吃。用折刀从那个皮箱上割下一块，我试图把它吃下去，结果却发现根本无法下咽，不过我自以为把它嚼碎再吐掉也稍稍缓解了我饥饿的痛苦。傍晚时我的伙伴们一个个醒来，全都处于一种因醉酒脱水而引起的说不出有多可怕的虚弱状态之中。他们就像发疟疾似的浑身颤抖，一声声哀叫着要水喝。他们的情况唤起了我心中最强烈的同情，同时也让我暗自庆幸先前发生的那件事使我没喝上酒，因而也使我免于遭受他们这番最惨不忍睹的痛苦。但他们的状况也很令我惊恐不安，因为非常清楚，除非那种状况有好转，不然他们就没法帮助我使大家摆脱困境。我当时还没有彻底放弃从舱里找到点什么的念头，但若是他们中没人能够在我下水时帮忙拉住绳子的一头，这种尝试就不可能恢复。帕克看上去比另外两人稍稍清醒一点，于是我千方百计地想让他完全清醒。想到海水浸泡也许有助于达到目的，我设法把一根绳子拴在他腰间，然后把他领到升降梯口（这期间他相当顺从），接着我推他下水，随之又拉他上来。我有充分的理由庆幸我做了这项试验，因为他看上去清醒了许多，而且也有了精神，上甲板后他理直气壮地问我干吗这样对他。待我说明了原因，他向我表示感谢，并说经水一泡他感觉好多了，然后就合乎情理地谈到了我们的处境。于是我们决定用同样的方法使奥古斯塔斯和彼得斯清醒，我俩立即动手，他俩果然从这一惊中恢复了神志。我想到这个突然浸水的方法，是因为我曾在一本医书里读到过阵雨浇淋有助于减轻震颤性谵妄患者的症状。

待我确信伙伴们能抓牢绳子的另一端之后，我又潜进了主舱三四次，尽管此时天已黑尽，而且从北方涌来的一阵不猛但不断的浪涛使船身多少有几分摇晃。

在这几次尝试中，我成功地捞上来两把有鞘的刀、一个3加仑的空壶和一条毯子，但没捞到任何可食之物。捞到那些东西后我又进行了几次尝试，但直到我完全筋疲力尽也一无所获。帕克和彼得斯冒黑轮流着下舱打捞，但最后也都空手而归。这下我们绝望地放弃了这种企图，认为这是在白白消耗我们的体力。

当晚剩下的时间我们在一种难以想象的灵与肉的极度痛苦中度过。16日的清晨终于露出曙光，我们急切地扫视天边的地平线寻找救星，但结果令人大失所望。海面依然平静，只是像昨晚一样有一阵从北边涌来的缓缓的波浪。除了那瓶红葡萄酒，我们已经整整6天没吃没喝，显而易见，若再弄不到吃的，我们肯定再也坚持不了多久。我以前从不曾见过，今后也不想再见到，人居然会像彼得斯和奥古斯塔斯那样消瘦。我要是在岸上见到他俩当时的那副模样，我绝不会想到我曾看见过他们。他俩的面容完全变了形，以至我几乎不敢相信他俩就是几天前我那两位伙伴。帕克虽说也很憔悴，而且衰弱得脑袋一直耷拉在胸前，可也没像那两人消瘦到形容枯槁的地步。他咬紧牙关忍受着痛苦，非但不自哀自怜，反而想方设法地鼓起我们的希望。至于我自己，尽管航行初期我情况很糟，而且我的体质历来就孱弱，但我当时却比他们少受些罪，也不像他们那样形销骨立，并且当他们神志错乱，像孩子似的傻笑，胡言乱语之时，我也出人意料地保持着头脑清醒。然而他们间或也会恢复神志，仿佛是突然间意料到了自己的处境，这时他们会用一股爆发的力量跳起身来，在短时间内会以极富理性的方式谈起他们的前途，尽管这种理性中充满了极度的绝望。不过，我的伙伴们对自己的情况也许怀有和我一样的看法，而我自己说不定在不知不觉之间倒像他们一样谵妄而痴愚——这是一件不可能说清楚的事。

大约中午的时候，帕克宣称他从左舷方看见了陆地，我费了九牛二虎之力才制止了他跳海游往那个方向。彼得斯和奥古斯塔斯几乎没有注意到帕克所言，因为他俩显然正沉浸在忧思之中。极目眺望帕克所说的方向，我看不到一丝一线哪怕最朦胧的海岸，其实我心里非常清楚，我们当时的方位根本不允许抱有靠近任何一块陆地的奢望。但我花了很长时间才使帕克相信是他看花了眼。这下他泪如泉涌，竟像一个孩子似的伤心地哭了两三个小时，直到因精力耗尽而悄然入睡。

此时彼得斯和奥古斯塔斯徒然地进行了几次吞食皮箱碎片的努力。我劝他们把碎片慢慢嚼碎然后吐掉，可他们已虚弱得听不进我的劝说。我继续不时地嚼一会儿皮箱碎片，发现这样做多少能减轻饥饿感。我主要的痛苦是干渴，仅仅是因为记得其他人在同样情况下饮海水造成的可怕后果，我才没有去喝海水。

一天就快这样熬过，此时我突然发现一条船出现在东方，在我们的船头左侧，看上去那是一艘三桅大船，离我们大概有12或15英里，而且几乎是正对着我们驶来。当时我的伙伴们都还没有发现它，我暂时忍住了没告诉他们我的发现，唯恐大家又会再次失望。最后，当那船离得更近，我终于看清了它正扬帆径直朝我们驶来。这下我再也忍不住了，便立即把这一发现告诉我那几位患难伙伴。他们顿时一跃而起，再次陷入狂喜之中，一个个像白痴似的又哭又笑，又蹦又跳，还扯头发，并且忽而祈祷，忽而诅咒。他们这番举动极大地感染了我，这次肯定获救的希望也使我兴奋不已，于是我忍不住也加入了他们的狂欢，尽情宣泄自己的感恩之情和极乐狂喜。我拍手，呐喊，在甲板上打滚，并做了其他一些类似动作，直到我猛然间发现，又一次最伤心绝望地发现，那艘船突然掉转船头用船尾对着我们，并朝着一个与我最初看见它时几乎相反的方向驶去。

我费了好一阵口舌才使我可怜的伙伴们相信我们最不期望发生的事实际上已经发生。起初他们用一种表示他们不愿被我欺骗的目光和姿态来回答我的实话。奥古斯塔斯的举动使我感受最深。无论我怎么说或者怎么做，他都一口咬定那艘船正飞快地驶向我们，并做好了登上那艘船的准备。一团海藻从我们的破船旁边漂过，他坚持认为那是大船上放下的小艇，并令人心碎地吵着嚷着要往上面跳，我费了好大劲儿才使他没那样跳进海里。

稍稍平静下来之后，我们继续盯着那艘船，直到它从我们的视野完全消失，当时海面上生出了一层薄雾，天上吹起了一阵轻风。那艘船刚一不见踪影，帕克就突然转身朝向我，脸上有一种令我不寒而栗的表情。这时我才注意到他显得非常冷静，不待他开口说话，我的心已告诉我他要说什么。他简而言之地建议说：为了3个人能活命我们当中有个人必须死去。

第十二章

在过去的一段时间里，我已经仔细想过了我们大限临头时可怕的情形，并暗自下定了决心，宁可在任何情况下承受任何形式的死亡，也绝不采用那样一种手段来求生。眼下令我痛苦万分的饥饿也未能使这一决心有丝毫的动摇。帕克的建议没被彼得斯和奥古斯塔斯听见，于是我把帕克拉到了一旁。我暗暗祈求上帝赋予我力量劝他放弃那种可怕的想法，我以最低声下气的方式久久地对他进行规劝，我借用了他视为神圣的每一个事物的名义，讲出了情急中想到的各种各样的道理，恳求他打消那个可怕的念头，哀求他别对另外两人说出他的想法。

他静静地听我那番话，丝毫没有要辩驳的意思，而我已开始期待他能像我希望的那样回心转意。可等我话音一落，他马上说他非常清楚我讲的全都在理，采用这样的手段求生的确是人类所能想到的最最可怕的抉择。但现在他已经坚持到了人类所能坚持到的最后时刻，既然一个人的死就能够，或者说也许能够使三个人活下去，那大家就不必同归于尽。他还叫我别再白费口舌劝他改变意图，说他早在那艘船出现之前就完全拿定了主意，仅仅是因为看见了那艘船才使他没能更早地提出他的主张。

于是我又求他，如果他不愿听我劝告放弃他的打算，那至少可以把他的计划推迟一天，说不定在这一天中我们会被某艘船搭救。我又开始反复地讲我所能想出的道理，我认为那些道理对他这种性格粗鲁的人可能会起作用。可他回答说，他说出自己的打算已经是到了万不得已的时候，他若再不吃东西就活不了多久，所以若再等一天，他的建议就会为时已晚，至少对他来说已经太迟。发现我轻言细语的规劝哀求没法把他打动，我马上换了另一种态度，我请他必须注意在这场灾难中我吃的苦头比他们三人都少，因此在当时的情况下，我的健康情况和体力都远远胜过他，或许也胜过彼得斯或奥古斯塔斯。一句话，如果有必要，我完全有条件凭武力行事。假若他试图以任何方式把他血腥的吃人计划告诉另外两个伙伴，那我将毫不犹豫地把他抛进大海。听完这话他猛然一把扼住我的咽喉，同时抽出一把刀几次想刺进我的胸膛，只是他极度的衰弱使他的这一企图未能得逞。他的残暴顿时激起了我满腔怒火，我把他推到了甲板边上，一心要把他抛下船去，但彼得斯的干涉救了他的命，当时他过来把我俩分开，并问我们为何动武。不待我想出办法阻止，帕克已把他的想法和盘托出。

他那番话的效果甚至比我预想的还更可怕。奥古斯塔斯和彼得斯似乎都早就怀有同样的可怕念头，只不过他们尚未开口帕克就已率先宣布。他俩当即同意了帕克的计划，并坚决主张立刻实施。我曾指望他俩中至少有一人神志还足够清醒，能够和我站在一起共同反对实施这种骇人听闻的计划，而只要有他俩中任何一人的支持，我就不怕自己不能阻止这血腥计划的实施。既然事实令我大失所望，考虑我自身的安全就成了当务之急，因为这伙人已完全丧失理智，我进一步的反对也许会被他们作为一个充分的理由，他们会借此理由不让我在随即就要上演的那幕悲剧中扮演平等的角色。

于是我说我愿意服从他们的决议，只是请他们把计划推延个把小时，等我们周围的雾气散开，看是否有可能再看见刚才出现过的那艘船。我费了好一番口舌他们才同意推延一个小时，而正如我所料（很快起了一阵风），雾气不到一个小时就散开，由于没看见任何船只，我们开始准备抽签决定命运。我真不愿意讲述随后所发生的那骇人听闻的一幕，自那之后，所发生的许许多多的事件也未能从我的脑海中抹去那个场景的任何细节，对那幕悲剧的清楚记忆将使我余生的每分每秒都充满痛苦。请允许我尽可能简略地讲述本故事中的这个部分。当时我们能想到的决定生死的唯一办法就是机会均等的抽签。几根小碎木片被充当命签，大家一致要我当持签人。我退到甲板的一端，而另外三人则背向着我站到船的另一头。在那幕可怕的悲剧上演的整个过程中，我感到最痛苦不安的时刻就是摆布那几根木签的时候。几乎人人都有一种本能的求生欲望，而在生死存亡之际这种欲望会更加强烈。但既然我担任的那种未曾有过记载的明确而严格的职责（完全不同于面对喧嚣的暴风雨的危险或是慢慢逼近的饥饿的恐怖）允许我反复斟酌那仅有的几次逃脱死亡（那种为了最骇人听闻的目的而制造的最骇人听闻的死亡）的机会，一直支撑着我的精力顿时就像风中的羽毛飘散殆尽，使我成了一个最无依无靠、最凄楚可怜的恐惧的俘虏。开始我甚至没有足够的力气分开和摆布那几根小小的木片，我的手指完全不听使唤，我的双膝直打哆嗦，互相碰撞，我的脑子里飞快地闪过上千种避免参加这场生死赌博的荒唐可笑的想法。我想过跪倒在我的伙伴们跟前，求他们让我避免这种命运，或是忽然扑向他们，杀死他们中的一个，使抽签没有必要再进行。总而言之，除了用我手中的木签来决定命运之外，其他每一种办法我都想过了。在这些愚蠢的想法中消磨了好长一段时间之后，帕克的声音终于把我唤回到现实，他催我赶快让他们从那种可怕的焦急等待中得到解脱。即便在此时我也仍然没能马上就摆布好那几片小木头，而是千方百计地想玩出什么花招，以诱使我患难伙伴中的一位抽到那根短签，因为我们事前已商定，谁抽到那4根签中最短的一根，谁就应该为其他3人的活命而死。若是哪一位读者要谴责我这种没心没肝的行为，那就先让他也来设身处地地试试。

最后我已经没法再拖延下去，于是怀着一颗几乎都要蹦出胸膛的心，我硬着头皮走向前甲板，伙伴们在那儿等着我。我伸出持签的手，彼得斯见签就抽。他活了——至少他抽的签不是最短的一根，现在我又少了一分逃脱的可能。我鼓足浑身的劲儿把木签凑到奥古斯塔斯跟前。他也抽得很干脆，而且他也抽到了活签。这下无论我是死是活，机会都只剩下了一半。此时我不由得怒火中烧，我恨我这些可怜的同类伙伴，对帕克则更是恨之入骨。但这种怨恨之情并没有延续多久，最后我身不由己地颤抖着闭上眼睛，把剩下的两根签伸向帕克。他在抽签之前犹豫了足足有5分钟，而在那提心吊胆的5分钟内我没敢睁一下眼。最后他终于从我手中飞快地抽出了两根签中的一根。命运已经决定，可我还不知道自己是该死还是该活。没有人吭声，而我仍然不敢睁眼验证自己手中那根签。最后彼得斯抓住我持签的手，我硬着头皮睁开了眼睛，这时我一眼就从帕克的表情中看出我已经死里逃生，而他正是那个命定去死的人。我一口气没透过来，人事不省地倒在了甲板上。

我从昏迷中醒来时恰好赶上悲剧最后的一场，那位构思并导演了这幕悲剧的人正准备受死。他毫不反抗地让彼得斯从背后捅了一刀，随之便倒在甲板上死去。我绝不能详述紧接着发生的吃喝情况。那种事也许可以想象，但语言绝不可能传达其真正的恐怖。只需这么说就够了，我们用那位牺牲者的鲜血稍稍止住了渴，一致同意砍下他的头和手脚并掏出内脏抛进了大海，然后我们凭着一点一点地吃那剩下的躯体熬过了其后令人终生难忘的4天，即当月的17、18、19和20日。

19日那天下了15分钟或20分钟的阵雨，我们设法用风暴后从舱里捞到的一张床单接了一些雨水，总共大约有半加仑多一点，但即使这么少一点水也给了我们相当多的体力和希望。

21 日我们又陷入了粮尽水绝的境地。天气依然保持晴朗暖和，偶尔有薄雾和微风，风多半从北边和西边吹来。

22 日那天，当我们挤成一团坐在甲板上，正神情沮丧地沉思我们可悲可怜的处境，我脑子里突然闪过一个念头，它顿时在我心中燃起了一团希望之光。我记得当前桅被砍掉之后，站在上风锚链处的彼得斯曾递给我一把斧子，并要我尽可能把它放在一个可靠的地方，后来我带着斧子下过水手舱一次，并把它放在了靠左舷的一个铺上，不久之后最大那排巨浪就涌上甲板，弄得所有的船舱都灌满了水。现在我想到如果能找到那把斧子，那我们就有可能劈开那间锁着的卧舱上方的甲板，从而轻易地得到我们急需的给养。

我把这个想法告诉了我的两位伙伴，他们无力地欢呼了一声，然后我们便立即来到了前甲板。潜入水手舱比潜入主舱更难，因为它的舱口更小，另外读者也许还记得，主舱升降口的整个框架都已被海浪卷走，而只有 3 英尺见方的水手舱舱口则未受损坏。但我毫不犹豫地准备下潜。一根绳子像先前那样系在了我腰间，我无所畏惧地脚朝下跳入水中，很快游向那个铺位，并在这第一次尝试中就找回了那把斧子。我们欣喜若狂地为此欢呼，我们认为这么轻而易举地就把斧子找回是一个好兆头，预示着我们终将获救。

用重新燃起的希望赋予我们的全部活力，我们开始劈那块甲板，彼得斯和我轮流挥斧，奥古斯塔斯受伤的胳臂使他没法帮助我们。由于我们仍然衰弱得几乎不能自己站立，因而每劈一两分钟就必须停下来歇歇，所以我们很快就看出，完成这项工作得花许多个小时——就是说要劈开一个大得足以自由进出那个卧舱的口子。但这个事实也并没有使我们泄气，借着月光劈了整整一夜，我们终于在 23 日的黎明时分完成了这项工作。

这时彼得斯自告奋勇要潜入舱内。照先前那样准备好一切之后，他潜入了水中，并很快就捞上来一个小罐，而我们喜出望外地发现，原来那是满满一罐醋汁肉卷。我们把这罐肉卷分而食之，一个个吃得狼吞虎咽。然后我们让彼得斯再次下水。他这次简直令我们大喜过望，转眼之间就捞上来一大块火腿和一瓶马德拉岛白葡萄酒。吸取了上次无节制饮酒造成恶果的教训，这一次我们每人都只啜了一小口酒。火腿除了靠近骨头有大约两磅好肉外，其余部分都被海水泡烂而不能食用。好肉被分成了三份。彼得斯和奥古斯塔斯经不住诱惑，眨眼工夫就把他俩各自的那份吃光。但我比他们小心，只吃了我那份中的一小部分，因为我担心随之就会感到的干渴。这时我们停下来休息了一会儿，一夜的劳动早已累得我们筋疲力尽。

到中午时觉得体力和精神都多少得以恢复，我们又开始了打捞给养的努力。彼得斯和我轮番下水，一直干到日落时分，差不多每次下水都或多或少有所收获。这期间我们总共幸运地捞到了另外4罐醋汁肉卷、另外一只火腿、一大瓶差不多有3加仑的上等马德拉岛白葡萄酒，而更令我们高兴的是还捞上来一只个头较小的加利帕戈龟，原来在“逆戟鲸号”即将离港之时，巴纳德船长曾从“玛丽·皮茨号”纵帆船上弄过来几只这种龟，当时那艘纵帆船刚从太平洋捕海豹远航归来。

在后文中我将多次提到这种龟。就像大多数读者可能知道的一样，这种龟主要生长在一群被叫作加利帕戈的岛上，而那些岛屿实际上是因此龟而得名——加利帕戈这个西班牙字眼的意思就是淡水龟。由于这种龟形状步态都很奇特，有时又被人称为象龟。它们的个头通常都很大。虽说我不记得有任何航海者声称见过体重超过800磅的加利帕戈龟，但我自己亲眼见过好几只这样的龟重达1200磅到1500磅。它们的长相很奇特，甚至令人讨厌。它们的步态非常缓慢，而且稳健滞重，行走时身体距地面大约1英尺。它们的脖子又细又长，常见的从18英寸到2英尺不等，而我曾杀死过一只，其脖子从肩到头足有3英尺10英寸长。它们的头与蛇头惊人地相似。这种龟在没有食物的情况下所能存活的时间令人几乎难以相信，已知的实例是曾有人把它们丢进一条船的底舱，让它们在那里没吃没喝地待了两年。两年后发现它们和当初一样肥，在各方面都和放它们进舱时一样正常。这种奇怪的龟有一个与沙漠中的骆驼相同的特点。它们脖根下面的一个肉袋里总是装有水。曾有人杀死一只整整一年没吃没喝的加利帕戈龟，结果发现其肉袋里还有多达3加仑的甘甜的淡水。这种龟主要吃野生欧芹和旱芹，也吃马齿苋、海藻和霸王树，这后一种植物非常奇妙地能使它们长得很茁实，而几乎发现有这种龟的海边山坡上通常都大量生长着这种植物。这种龟肉质鲜美，营养丰富，成千上万去太平洋捕鲸或进行其他作业的水手从来就把它们当作维持生命的给养。

我们有幸从舱里捞出的那只龟个头不大，重约65磅或70磅。它是只雌龟，长得又肥又壮，而且肉袋里蓄有1夸脱多清澈甘甜的淡水。这不啻是一笔无价珍宝。

我们一齐跪在甲板上，热诚地感谢上帝给予我们如此及时的援救。

我们费了很大周折才把那只龟弄出舱口，因为它挣扎得很厉害，而且力气很大。当它正要从彼得斯手中挣脱并潜回水中时，奥古斯塔斯用一根打有活结的绳子套住了它的喉头，我跳入水中帮着彼得斯一起往上推，这样连推带拽才终于把它弄上了甲板。

我们小心翼翼地把它肉袋里的水装入壶中。读者应该记得我先前曾从主舱内捞上来一个空壶。取完水后，我们敲掉一个带着塞子的瓶颈，这样便做成了一个容积只有半及耳的杯子。然后我们每人喝了满满一杯水，并决定今后水的限量为每天一杯，直到壶中水喝完为止。

在过去的两三天中，天气一直晴朗干燥，我们从舱里捞上来的床单之类以及我们身上的衣服都早已干透，因此那一夜（7 月 23 日）我们过得比较舒适，先就着少量的葡萄酒饱餐了一顿醋汁肉卷和火腿，然后安安静静地睡了一觉。唯恐夜里起风我们的给养会掉进海里，睡觉之前我们用绳子把那些东西尽可能牢靠地捆在了残破的绞盘上。至于那只我们希望能尽量活得久一点的龟，我们把它翻过来仰面朝天，并小心翼翼地用绳子固定。

第十三章

7月24日。一觉醒来，我们发现精神和体力都奇妙地得以恢复。虽说我们依然处在危险的境地，而且完全不辨方位；尽管我们肯定远离陆地，而且即便精打细算食物也只够支撑两星期，水则比食物更为匮乏；纵然我们是在一条最可怜的失事船上任风吹浪打，随波逐流，但与我们刚刚幸运地熬过的那些最最可怕的痛苦和危险相比，眼下的处境在我们看来不过是一种普普通通的不幸——严格地说，幸与不幸都是相对而言。

黎明时分，我们正准备重新开始从那个卧舱里打捞东西，这时随着几道闪电下起了一场阵雨，我们立即改变计划，趁机用那张曾接过一次雨的床单收集雨水。我们收集雨水的唯一手段就是把这张床单扯开，并把一环前锚链放在上面。这样雨水便浸往当中，并透过床单滴进水壶。水壶差不多快要接满时，一阵从北边刮来的疾风使我们不得不住手，因为船身又开始剧烈地摇晃，以至于我们没法在甲板上站稳。于是我们来到船头，照先前那样用绳子把身体固定于残存的绞盘，以等待风暴的来临，当时我们的心情比预料的更平静，或者说是怀着在那种情况下所能想象的最平静的心情。到中午时，风力已加强到航行船只应该收一半帆的程度，到夜里则变成了一场8级左右的大风，并掀起阵阵巨大的浪头。不过经验已经教会我们如何最好地系牢绳子。所以尽管一夜里几乎都在被海水冲刷，随时都在担心会被巨浪卷走，但我们总算平安无事地挨过了那阴沉的一夜。幸亏天气十分暖和，因此海水浇在身上倒令人感到几分惬意。

7月25日。早上风力已减弱到只有四五级，波涛也随之不再那么汹涌，我们已经能不沾水地待在甲板上。然而我们非常伤心地发现，尽管我们曾小心翼翼地加以固定，可海浪仍然卷走了我们两罐醋汁肉卷和那整整一只火腿。我们决定暂时不杀那只龟，而只分了一点醋汁肉卷作为早餐，另外每人分了一杯水。我们往水里掺兑了一半白葡萄酒，喝下后发现这种混合汁使我们神清气爽，没有导致上次他们偷喝红葡萄酒后那种令人痛苦的酩酊大醉。汹涌的海浪仍然不允许我们重新开始从卧舱里打捞给养。白天有几件当时对我们无关紧要的东西从那个被劈开的洞口漂出，并且立即被海浪卷走。这时我们还注意到船身比以往任何时候都更倾斜，以至于我们不系绳子就一刻也不能站立。因此那一天我们过得极不舒服，一个个都神情沮丧。中午时阳光好像是垂直射下，而我们毫不怀疑持续不断的北风和西北风已经把我们吹到了赤道附近。傍晚看见了几条鲨鱼，其中最大的一条肆无忌惮地靠近，这使我们多少感到了惊恐。船身的一次突然倾斜使甲板一度完全入水，那条大鲨鱼竟趁机朝我们游来，搁浅在前舱口上扑腾了好一阵，尾巴重重地抽在彼得斯身上。最后一排大浪把它抛回海中，我们才大大地松了一口气。要是天气温和，我们说不定能轻易地捕获那条鲨鱼。

7 月 26 日。由于早晨风势大大减弱，海面不再汹涌澎湃，所以我们决定重新开始下舱打捞。但在劳累了整整一天之后，我们发现已不能指望再从那个舱里捞到任何东西，原来夜里的巨浪打穿了那个卧舱的隔板，里面的东西全被卷到了底舱。可想而知，这一发现使我们心中充满了绝望。

7 月 27 日。海面几乎已平静，天上有一阵微风，微风依然来自北方和西方。下午时新晴的天空亮出了烈日，我们趁机晒干了衣服。下水浸泡了一会儿，觉得不再那么口渴，身上也舒服多了，但由于害怕鲨鱼，浸泡时我们不得不特别小心，有几条鲨鱼整天都在破船周围游弋。

7 月 28 日。仍然晴空万里。船身的倾斜程度已开始让人惊恐，以至我们担心它最终会翻个底朝天。我们尽量做好准备以应付这种紧急情况，我们的龟、水壶和剩下的两罐醋汁肉卷都尽可能远一点地系在了上风面，捆在了船体外的主锚链下边。海面终日平静，天上只有微风或完全没有风。

7 月 29 日。天气依然如故。奥古斯塔斯受伤的右臂开始呈现坏疽的症状。他老是说他困得要死，渴得要命，但伤口并不感到剧痛。我们没有办法减轻他的痛苦，只能用一点肉卷罐里的醋汁替他擦擦伤口，而这样做似乎毫无益处。我们尽可能让他舒服一点，配给他的水增加到一天三杯。

7 月 30 日。酷热难耐的一天，海面上没有一丝风。一条巨大的鲨鱼整个上午都紧贴在船边。我们企图用索套将其捕获，但试了几次均未能成功。奥古斯塔斯的情况急剧恶化，伤势的严重加之缺乏营养使他明显地消瘦变形。他不断地祈求能早点儿结束痛苦，因为他除了死亡已别无他求。这天傍晚我们吃掉了最后一点醋汁肉卷，而且发现壶中的水已发臭，不掺酒根本不能下咽。我们决定早上杀龟。

7 月 31 日。由于船体倾斜，我们度过了极其不安而疲乏的一夜，一大早就动手宰杀那只龟。龟虽说很肥，但比我们原来所认为的要小得多——它的肉总共不超过 10 磅。为了把一部分龟肉保存得尽可能长久，我们把肉切成碎片，装满了三个醋汁罐和那个小酒瓶（这些容器都一直留着），随后从罐内往小酒瓶中也倒进了一些醋汁。我们用这种方式贮存了约 3 磅龟肉，打算把其他肉吃完之后再动这一部分。我们决定把每人每天的食用量限制在 4 盎司，这样 10 磅肉将够我们吃 13 天。黄昏时伴着雷电下了一场大雨，但由于时间太短，我们收集到的水大概只有半品脱。我俩一致同意把那些水全给奥古斯塔斯喝了，他当时看上去已经奄奄一息。他是在我们接雨时直接从床单下喝的雨水（我们把床单扯在他躺着的身体上方，让水滴进他的嘴里），因为当时我们已经没剩下容器盛水，除非我们倒掉那一大瓶白葡萄酒，或倒掉那个壶中已发臭的水。如果那场雨再多下一会儿，这两项措施都会被采用。

奥古斯塔斯似乎并没因喝了那么多水而有所起色。他的右臂从肩到腕都完全发黑，而他的脚冷得像冰。我们随时都有可能看见他咽气。他消瘦的程度实在令人震惊，尽管他离开楠塔基特时体重有 127 磅，可现在最多也不过四五十磅。他两眼凹陷得几乎已看不见，他脸上的皮肤松弛地耷拉着，以致他进食乃至喝水都非常困难。

8 月 1 日。仍然是风平浪静。烈日当空，口渴难耐，而壶中的水已完全腐臭并生满了虫。然而，我们还是掺兑酒将就着喝了一点，但我们的干渴几乎没得到缓解。发现下海浸泡更能消暑解渴，可由于鲨鱼的继续存在，我们只能偶尔利用这种方法。

此时我们清楚地意识到奥古斯塔斯的生命已无法挽救，他显然已处在弥留之际。我们无力减轻他临终的痛苦，那种痛苦看来好像十分强烈。他一连几个小时没说一句话，中午 12 点左右，他在一阵剧烈的抽搐中死去。他的死使我们心中充满了最阴沉的预感，给我们精神上的打击是那么巨大，以至于我俩一动不动地在尸体旁坐了整整一天，其间除了低声自语，互相谁也没说话。直到天黑了一阵之后我俩才鼓起勇气把那具尸体扔下了船。当时尸体已腐烂得没法形容，彼得斯动手搬尸时，他抓住的那条腿竟完全脱落。当腐尸滑过船边掉进水中，围绕着它的闪闪磷光让我们清楚地看见了七八条大鲨鱼，而当那些鲨鱼争相撕咬尸体的时候，它们可怕的尖牙相互碰撞的声音也许 1 英里外都能听见。那声音吓得我俩蜷缩成一团。

8月2日。同样可怕地没风，同样可怕地酷热。黎明目睹了我俩精疲力竭、垂头丧气的惨状。壶中的水现在已完全没用，因为它已变成黏糊糊的一团，里边还混有令人生厌的蠕虫。我们把臭水倒掉，用海水把壶洗净，然后从腌龟肉的那个瓶里往壶中倒了一点儿醋汁。这时我们口渴难忍，竟枉然想用酒来解渴，结果似乎只是火上加油，酒精的刺激使我们兴奋狂躁。随后我们又试图用酒和海水的混合液来减轻干渴之痛苦，但这马上就让我们感到极度恶心，以至我们再也不敢进行这种尝试。整个白天我们都在急不可耐地寻找下海浸泡的机会，结果却是枉费心机，因为破船的四面八方现在都围满了鲨鱼，它们无疑就是昨晚吞噬了我们可怜的伙伴的那群家伙，现在它们又随时期待着另一顿同样的美餐。这种情形令我们懊悔不已，使我们心中充满了抑郁之情和不祥之兆。我们已体验过下水浸泡那种说不出的快感，而让这种解渴的应急办法以如此可怕的方式被断送，这实在令我们难以忍受。实际上我们也没有完全摆脱这种直接危险的威胁，因为脚下稍稍一滑，或身子稍稍一偏，都可能马上使我们落入那些贪婪的鲨鱼口中，它们常常游到破船的背风面，然后径直向我们冲来。我们的惊呼呐喊或挥拳舞臂似乎都吓不退它们。甚至个头最大的一条被彼得斯用斧子狠狠劈伤之后，仍坚持着企图扑到我们身边。黄昏时分天上出现了一片云，但令我们悲哀的是它没有化成雨降下就从我们头顶上飘然而去。谁也没法想象我们当时那种干渴之苦。由于这种干渴和对鲨鱼的恐惧，我俩度过了一个不眠之夜。

8月3日。获救无望，船身越来越倾斜，我们现在已根本没法在甲板上站稳。忙于系牢我们的葡萄酒和龟肉，以便船体翻转时不致失去它们。用斧子从船首舷侧支索扣板中抠出了两颗粗铁钉，并把它们钉在了上风面离水2英尺处的船壳上，这个地方离龙骨不太远，因为当时我们的横梁几乎已垂直于水面。我们把全部给养牢牢地捆在这两颗铁钉上，这样比原来系在主锚链下边更为保险。口渴令我们痛苦不堪，那些鲨鱼使我们没机会下水浸泡，它们整整一天片刻也没有离开过船的周围。我们发现根本不可能入睡。

8月4日。天快亮的时候，我们感觉到船在倾斜，于是立即起身以防船体翻转时被扔到海里。开始滚动还比较徐缓，我俩还能设法一点一点地往上风面爬，原来我们已采取了预防措施，从我们钉来系给养的两颗铁钉上垂下了两根绳子。但我们未能充分估计到船体翻转的势头，因为不一会儿滚动的速度就大大加快，不允许我俩的上攀与之保持同步。最后，还没弄清到底是怎么回事，我俩发现自己已被猛然抛进海里，沉到了几英寻深的水下，而破船正好在我们头顶上方。

入水时我被迫松开了手中那根绳子，当发现自己已经被完全罩在船下，而且身上没有一丝力气，我在好几秒钟内几乎没试图逃生，而是听天由命地等死。可命运再次跟我开了个玩笑，因为我完全没想到船体会自然地往上风面反弹。船体向回滚动造成的上旋水流比卷我到船下的旋流力量更猛，一下就把我托出水面。出水后我发现自己离破船大约有20码之遥，这是据我当时的估计。破船已经船底朝天，还在猛烈地左右摇晃，它周围的海水也随之涌动，形成一个个巨大的漩涡。我看不见彼得斯。一只油桶漂在离我几英尺的地方，周围水面上还漂浮着其他各种从船舱里倒出的东西。

我当时最怕的就是那些鲨鱼，因为我知道它们就在附近。为了不让它们靠近我，如果真有这种可能的话，我游向破船时拼命用手脚溅起浪花，搅起泡沫。这方法虽然简单，但我迄今也不怀疑正是这种方法救了我的命，因为在翻船之前，破船四周的水中简直挤满了那些怪物，所以在我游回破船的过程中很有可能真正撞上它们中的一条。不过凭着运气我总算安然无恙地游到了船边，不过这番挣扎完全耗尽了我的体力，要不是彼得斯及时相助，我当时肯定不可能爬上船底。他的出现令我喜出望外（原来他已经从另一侧爬上了龙骨），他抛给我一条绳子——就是系在那两颗铁钉上的绳子中的一根。

好不容易逃过了这场灾难，我俩马上又面临着另一个迫近的危险——可怕地死于饥饿。尽管我们慎之又慎地系好了我们的食物，可结果它们还是全部被卷走。眼看再也没有丝毫获得食物的可能性，我俩顿时感到彻底绝望，竟像孩子似的放声大哭，而且谁也不想去安慰对方。这样的懦弱难以被人理解，而在那些从未有过类似经历的人眼中，这无疑更显得违反常情。但读者必须记住，当时我们的思维能力已被接连遭受的一长串苦难和恐惧完全破坏，因此不能按思维正常的标准来衡量我们当时的行为。在后来那些即使说不上更悬乎但至少也同样危急的险情绝境之中，我就以坚忍不拔的毅力面对了所有的不幸与灾难。而读者将会看到，彼得斯显示的一种泰然达观几乎令人难以置信，就像他眼下孩子般的软弱无能叫人不可思议一样，此乃精神状态使之然。

事实上，除了丢失用来接雨的床单和盛雨的水壶之外，船体的翻转乃至因此而造成的酒和龟肉的失去也许都没有使我们的处境比先前更糟，因为我们发现整个船底沿龙骨两侧两三英尺宽的舷板以及龙骨本身都厚厚地覆盖着个头很大的藤壶，而藤壶是一种味道鲜美且营养丰富的食物。所以在两个重要的方面，吓了我们一大跳的翻船事故结果证明非但无害反而有利。首先它为我们提供了丰富的给养，只要节制食用我们一个月也吃不完；其次它使我们待得更舒适，我们觉得现在远比待在倾斜的甲板上更轻松，更安全。

但获取水之困难性使这一位置变化带来的所有好处都显得黯然失色。为了随时尽可能地利用任何可能降下的雨，我们脱下了衬衫，打算让它们发挥原来床单所起的作用——当然，即便是遇上一场大雨，我们也不能指望用衬衫接住的雨水一次会多于半及耳。整整一天没看见过一丝云，干渴的痛苦几乎令人难耐。夜里彼得斯断断续续睡着了大约有一个小时，而极度的痛苦则令我彻夜未能合眼。

8 月 5 日。今天，一阵微风吹我们穿过一大片海藻，我们幸运地从海藻中捉到 11 只小螃蟹，这让我们吃到了一顿真正的美餐。蟹壳很软，我们也一并吞下，发现吃螃蟹远不像吃藤壶那样令人口渴。见海藻中没有鲨鱼的踪迹，我们还冒险下水，在海里浸泡了四五个小时，其间我们觉得干渴感明显减轻。由于精神有所恢复，当晚过得比前些天多少舒服几分，我俩都稍稍睡了一会儿。

8月6日。今天幸运地遇上了一场大雨，雨从中午一直下到天黑之后。这时我们为水壶和大酒瓶的失去而倍感痛惜，因为尽管我们只能用衬衫接雨，如果不能两个都接满的话，也有可能接满一个容器。实际上我们设法满足了我们干渴的需要，我们先让衬衫淋透，然后再把那些甘露一滴滴拧进嘴里。我们就在这番忙碌中度过了那一天。

8月7日。天刚破晓我俩就同时发现东边有一艘船，而且显然正朝着我们驶来！我们欣喜若狂地为这一可喜的发现而欢呼，不过我们的声音非常微弱。当时那艘船离我们至少有15英里，可我们仍然立刻就开始发出各种我们能够发出的信号：挥舞手中的衬衫，尽可能高高跃起，甚至用尽全身力气大声呼喊。那艘船总算继续朝我们驶近，我们觉得它只要保持航向，最终就肯定会驶近并看见我们。在发现它大约1小时之后，我们已能看清它甲板上的人影。它是一艘船身长、船舷低、看上去很轻快的双桅纵帆船，前桅上端装有两块横帆，上面一块横帆上有一个黑色球形图案，看上去它的全体船员都在船上。这时我们开始恐慌起来。因为我们实在难以想象它居然有可能没注意到我们，我们生怕它会故意弃我们于海上听天由命——这种残酷无情的行为不管听起来是多么叫人难以相信，却一直在与我们当时处境相似的情况下屡屡发生，而犯下这种暴行的正是被认为属于人类的生物[1]。但由于上帝的怜悯，我们这次是命中注定要被最幸运地捉弄一下，因为不久我们就发觉那艘船的甲板上突然一阵忙乱，桅杆上很快升起了一面英国国旗，然后它就改向直端端朝我们驶来。半个多小时之后，我们发现自己已在那艘船的甲板上。原来该船是从利物浦开出的“简·盖伊号”，盖伊船长正肩负着远航到南半球诸海和南太平洋地区捕猎海豹和进行贸易的双重任务。

---

1 从波士顿出发的“鹦鹉号”双桅横帆船就是这样一个典型事例，该船的命运在许多方面与我们的遭遇惊人地相似，以至我忍不住要在此提到它。这艘 130 吨的双桅船装载木材和粮食从波士顿驶往圣克罗伊岛，起航日期是 1811 年 12 月 12 日，船长名叫卡斯纳。除船长之外船上还有 8 人——大副、4 名水手、厨师、一名叫亨特的先生以及他带的一位黑人姑娘。15 号那天，在驶过乔治斯沙洲之后，它遭遇从东南方刮来的大风而开始漏水，最后终于倾覆，但桅杆脱落之后它又摆平。遇险者在没有火、食物也很少的情况下在海上漂了 191 天（从 12 月 15 日到次年的 6 月 20 日），最后仅有的幸存者卡斯纳船长和塞缪尔·巴杰被费瑟斯通船长驾驶的“声望号”所搭救，当时“声望号”正从里约热内卢返航回赫尔。他俩获救的位置在北纬 28°，西经 13°，这说明他们漂了大约 2000 英里。“声望号”于 7 月 19 日遇上帕金斯船长的“德罗梅号”双桅横帆船，后者把两名幸存者送回了肯尼贝克。我们获取这些详情的那篇报道以下面这段话结尾：“人们自然要问，在大西洋船只来往最频繁的海域他们怎么会漂那么远而一直不被发现。其实从他们附近经过的船只不少于一打，其中一艘甚至近得他们能清楚地看见甲板上和索具上的人正盯着他们看。但令这些又冷又饿的遇难者大失所望的是，那些人竟硬起心肠扬帆而去，残酷地丢下他们去听天由命。”——原注

第十四章

“简·盖伊号”是一艘180吨的双桅纵帆船，前桅加有横帆，船型非常漂亮。它的船头异常尖突，若论在温和的天气里逆风航行，它是我所见过的最快的帆船。但作为一艘远洋船，它抵御风浪的能力并不太强，而就它所承担的贸易任务而言，它的吃水又实在太深。担任这种特殊使命的船吨位应该更大一些，而吃水则应相对浅一些——譬如说一艘300至350吨的大船。它应该装有三桅，而且在其他方面的构造上也应不同于航行南半球海域的一般船只。尤其必要的是它应该全副武装——譬如说它应该装备10至12门发射12磅炮弹的短程大炮，2至3门远程大炮，船长等人还应配备铜管大口径短枪和防水弹药盒。它的锚和锚链都应该比从事其他任何交易的船只所具有的更结实，而最重要的是，它的船员应该既多又能干——以我上述这样一条船而论，船员不得少于50或60名，而且得个个身强力壮。“简·盖伊号”除船长和大副外有35名船员，他们全都是顶呱呱的水手，但对一名熟知这种贸易之困难和危险的航海者来说，该船完全不像它本来应该的那样全副武装或适当装备。

盖伊船长是一名温文尔雅的绅士，他长期来往于南半球诸海，对那些海域有丰富的航行经验。但他缺乏魄力，因而也不具备在这种航行中必不可少的冒险精神。他是他驾驶的这艘船的合伙船主，并被授予全权自由航行于南半球诸海，贩卖任何最容易到手的货物。他这次与往常一样装载着串珠项链、镜子、火绒、斧子、锯子、锛子、刨子、凿子、弧口凿、手钻、锉刀、辐刨片、木锉、钉锤、铁钉、折刀、剪刀、剃刀、针线、陶器、印花布、小装饰品，以及其他诸如此类的货物。

这艘纵帆船于7月10日从利物浦起航南下，25日在西经20°越过北回归线，29日抵达佛得角群岛的萨尔岛，它在那儿装载了一些盐，并补充了一些航行必需品。8月3日它离开佛得角朝西南方向航行，越过大西洋驶往巴西海岸，以便从西经28°和30°之间跨过赤道。这是从欧洲各港口驶向好望角或者说经由好望角驶向东印度群岛的船只通常爱走的航线。走这条航线可以避开几内亚海岸常年涌动的忽而平静忽而激荡、令人捉摸不透的暗流，而最终人们又发现这是一条最迅捷的航线，因为越过赤道之后就绝不会缺乏驶往好望角所需的西风。盖伊船长过赤道后想停的第一站是凯尔盖朗岛——我简直不明白这是为了什么。我俩被救的那天这艘纵帆船在圣罗克角之外西经 31°，所以我们被发现时已经由北向南漂了大约至少 25 个纬度。

在“简·盖伊号”船上，受尽折磨的我俩受到了我们所需的所有照顾。纵帆船在丽日和风中继续朝东南方向行驶了大约两星期后，彼得斯和我都完全从灾难和痛苦造成的影响中恢复过来，我俩都开始觉得，记忆中的那些灾难和痛苦与其说是现实中真正发生过的事件，还不如说是一场我们有幸从中醒过来的噩梦。从那之后我就一直发现，这种部分遗忘通常是由精神状态之突变而造成，不管这种突变是从欢乐到痛苦，还是从痛苦到欢乐——遗忘的程度与这种变化的急剧程度成正比。因此就我自己来说，我觉得现在已不可能充分意识到我在失事船上的那些日子里所经历的痛苦之程度。当时发生的事我还记得，但那些事当时在我心中引起的感情却被淡忘。我现在只知道，就在那些痛苦降临之时，我曾认为人类不可能承受比它们更令人痛苦的事。

我们继续平静地航行了几个星期，其间只是偶尔碰上几艘捕鲸船，并不时看见黑鲸或白鲸，这样叫是为了区别于抹香鲸。不过这些鲸主要见于南纬25°以南海域。9月16日接近好望角时，纵帆船遇上了自离开利物浦以来的第一场大风。在好望角附近，不过更多地是在其南面和东面（我们是从西面接近），航海者们常常不得不与从北边气势汹汹压来的风暴搏斗。这些风暴总是会卷起惊涛骇浪，而它们最危险的一个特征就是风向突转，这种突变几乎在每一场最猛烈的暴风期间都肯定会发生一次。一场真正的飓风开始也许会从北方或东北方刮来，过一会儿人们又会觉得那个方向一丝风也没有，随之那飓风就会突然以几乎不可思议的猛劲从西南方呼啸而至。南方出现一个亮点是风向变化准确的前兆，因此船只能够采取适当的预防措施。

我们遇上那场伴着一阵无形飑的大风是在凌晨6点，风像通常一样来自北边。到8点时风力已大大加强，把我们抛进了一片我当时所见过的最惊心动魄的洪波巨浪之中。纵帆船采取了一切可能采取的防风措施，但仍然剧烈地颠簸摇晃，充分暴露了它不具备远洋船的良好性能，每一次颠簸它的船头都扎入水中，好不容易从水中挣扎出来马上又被另一排浪头盖住。天刚要破晓之前，我们一直留心观察的那个亮点出现在西南方，一个小时之后，我们注意到船首扯着的三角帆没精打采地垂下贴向斜桅。又过了两分钟，尽管我们早就做好顶风停船的一切准备，但船仍然像被施了魔法似的，一下子被掀得差点儿倾覆，滚滚激浪顿时扫过整个甲板。但幸运的是，从西南方刮来的这场狂风原来只是一阵转瞬即逝的飑，我们终于有幸在未受损坏的情况下摆平了船身。线飑过后我们又在惊涛骇浪中颠簸了几个小时，但到上午时我们发现海面差不多已同风暴之前一样平静。盖伊船长认为，他能逃过那场风暴可以说是个奇迹。

10月13日，位于南纬46° 53′，东经37° 46′的爱德华太子岛已遥遥在望。两天之后我们发现自己从波塞申岛附近驶过，不久又从南纬42° 59′，东经48°驶过了克罗泽群岛。18日我们到达了南印度洋中的凯尔盖朗岛，或称荒芜岛，并在圣诞港内水深4英寻处抛锚停船。

这个岛，更正确地说是这个群岛，在好望角的东南方，两地相距差不多有2400海里。它最初于1772年被法国人凯尔盖朗男爵发现，当时那位男爵以为此岛是一块广阔的南半球大陆之一部分，并把这一消息带回法国，结果引起了极大的轰动。政府接手此事，派男爵于次年再度南下对他的新发现进行认真的考察，这时他才发现自己的错误。1777年库克船长也偶然遇见了这群岛屿，并将其主岛命名为荒芜岛，这的确是一个名副其实的岛名。但在靠近岛岸之时，那位航海家说不定曾认为他的命名名不副实，因为从每年9月到次年5月，该岛大部分山坡看上去都一片苍翠，充满生机。这番假象之造成是由于一种类似虎耳草的低矮植物，这种植物在岛上比比皆是，它们大团大团地长在一种支离破碎的苔藓上。如果我们不算港口附近一种气味难闻的杂草、一种地衣，以及一种形似开花白菜、味道又苦又酸的灌木，那岛上除了这种像虎耳草的植物就几乎再没有其他植物的迹象。

主岛表面多山，虽然山都说不上高。山顶终年被积雪覆盖。岛岸有几个港湾，其中圣诞港是最适宜的一个。此港在岛的东北边，一过弗朗索瓦角首先就遇见，弗朗索瓦角构成岛的北岸，它奇特的形状有助于来往船只找到那个港湾。该岬角伸入海中的末端是一壁高耸的巉岩。岩下的一个大洞形成了一道天然拱门。这道拱门位于南纬48° 40′，东经69° 6′。穿过这道拱门便可发现停船的好地方，这地方有几座小岛构成屏障，足以挡住从东面刮来的风。从这个地方继续往东就来到了圣诞港尽头的沃斯帕湾。这是一个被陆地环抱的小小的内湾，船只可从水深4英寻的入口进去，并在湾内找到水深10英寻到3英寻的硬泥底泊位。一艘船可以用其前锚在湾内停泊整整一年而不遇任何风险。在沃斯帕湾西端尽头，有一条容易到达的清水小溪。

凯尔盖朗群岛还有细毛海豹和粗毛海豹，象海豹数量也很多。人们发现该岛的鸟类五花八门，单是芸芸济济的企鹅就有4个不同的种类。因其个头之大和羽毛之美而得名的帝王企鹅是最大的一种企鹅。这种企鹅上半身通常为灰色，有时是紫丁香色，下半身则是可以想象到的最纯粹的雪白，其头和脚的颜色又黑又亮。但其羽毛之华美主要在于两道金色的宽条纹，条纹从头顶延伸至胸部。它们的喙很长，颜色或为粉红或为鲜红。这种鸟大摇大摆地直立着走路。它们行走时高昂着头，双翅垂下犹如两条胳膊，而当它们的尾巴伸出与腿形成直线之时，它们的形态简直活像人类，偶然一瞥或在薄暮朦影中望去很容易令人上当受骗。我们在凯尔盖朗岛上看见的帝王企鹅个头比鹅还大。另外三种企鹅分别叫花花公子、傻瓜蛋和白嘴鸦。它们的个头要小得多，羽毛也不那么漂亮，在其他方面与帝王企鹅也有所不同。

该岛除企鹅之外还有其他许多种鸟，其中值得一提的也许是大贼鸥、蓝海燕、水凫、野鸭、埃格蒙特港鸥[1]、鸬鹚、角鸥、海燕、燕鸥、海鸥、雪海燕、大海燕和信天翁。

大海燕的个头和普通的信天翁一般大，并以肉为食，因此又常被叫作碎骨鸟或鱼鹰。它们见了人从来不逃，若烹调得法，此鸟是一种美味佳肴。大海燕在飞翔中有时紧贴着水面，张开的翅膀看上去一动不动，或者说似乎一点儿也没用力。

信天翁是南印度洋中最大最凶猛的一种鸟。它属于鸥类，总是在飞翔中捕获其猎物，除了筑巢繁殖从不待在陆地上。这种猛禽与企鹅之间存在着一种最奇妙的友谊。这两种鸟依照它们共同商定的计划，非常整齐划一地筑起它们的窝巢——每只信天翁的窝都被置于一块小方地中央，小方地则由 4 只企鹅的巢从四方围成。航海者们历来一致把这种联合营寨称为“贫民窟”。这种被称为贫民窟的窝巢经常被人诉诸于笔墨，但由于我的读者也许并非全都读到过那些描写，由于我在后文中将要谈到企鹅和信天翁，那我不妨在此简单地说说它们的筑巢和生活方式。

每当孵化季节来临，这些鸟便大量地聚集到一起。开始几天，它们似乎是在商量徙迁的适当路线，最后

---

1 以福克兰群岛之埃格蒙特港命名的一种鸥。

它们开始行动。一块大小适中的平地被选定，平地面积通常为三四英亩，位置尽量靠近海边，但又为浪潮所不及。这个地点的选择通常考虑到其表面的平坦，尤其是考虑到石块要尽可能地少。地点一经选定，这些鸟便齐心协力地开始规划，它们非常精确地算出是该把营地建成正方形还是其他平行四边形，以最大限度地适应该地的实际情况，同时还算出刚好能轻轻松松地容纳下集合到一起的所有鸟的空间，绝不多余——这样做似乎是决心要防止那些没参加营地建设的游荡者将来不劳而获。然后这地方朝海的一面被划出一条与水边平行的疆界，这一面被留作营地的出入口。

划定了营地的疆域后，全体移民便开始清除疆土内的各种垃圾，把石头一块一块地搬出，并用它们沿不朝海的三个边垒起一道墙。在这道墙内，一条平坦而光滑的通道顺着墙根建成，通道宽6到8英尺，环绕整个营地——因此适用于集体列队行进。

接下来就是把整个营地划分成若干大小均等的小方块。这种分隔的完成是靠开出一条条平滑的小径，小径阡陌纵横，成直角相交，贯穿整个营地。这些小径的每一个交叉点中央都筑起一个信天翁的窝巢，而在每一个小方块当中都建有一个企鹅的巢穴。这样，每只企鹅都被4只信天翁包围，而每只信天翁则由4

只企鹅簇拥。企鹅的巢穴由一个土坑构成，土坑很浅，只够保证其独卵不至于滚动。信天翁的窝巢稍稍复杂一点，因为先要堆起一个高 1 英尺、直径为 2 英尺的小丘。小丘是用泥土、海藻和贝壳堆成。它们的巢便筑在小丘顶上。

在孵卵期间，或者说实际上是在幼鸟能自己照料自己之前，这些鸟都特别谨慎，片刻也不会擅离自己的窝巢。当雄鸟在海上觅食时，雌鸟则在家留守，只有在雄鸟觅食归来之际雌鸟才敢离窝。窝里的蛋绝不容暴露，当雌鸟离巢时，雄鸟则会代之伏窝。这种谨小慎微之必要是由于贫民窟里偷窃成风，窟内居民总是毫不迟疑地抓住每一个机会偷窃邻居巢里的蛋。

虽说也有一些群栖地里只住着企鹅，或只住着信天翁，但在大多数这样的群栖地都可发现其他种类的海鸟，那些海鸟享受该群栖地居民的所有特权，在它们所能找到的空处星罗棋布地筑起窝巢，不过绝不妨碍那些大鸟的栖息。从远处看去，上面说的那种混居营寨真是奇妙无穷。营寨的整个上空被不计其数的信天翁遮暗（其间混杂着一些小鸟），它们川流不息地翱翔于其上，或正要飞往大海，或正从大海归来。与此同时，可以看见营地内大群的企鹅，它们有的在小径上来往穿梭，有的则以它们特有的军人气概，沿着环绕营地的大道高视阔步。总而言之，像我们那样随意望去，最令人吃惊的莫过于这些披着羽毛的生灵竟活像人类，而且肯定不可能有什么景象比这更适合引起每一个智力正常的人之深思。

我们进入圣诞港的第二天上午，大副帕特森先生率众小艇出发去搜猎海豹（尽管季节稍早了一点），顺便让船长和他的一个侄子在岛西一个荒凉之处上了岸，因为他们要去该岛腹地办一件我弄不懂其性质的事情。盖伊船长随身带着一个瓶子，瓶里有一封用火漆封好的信，他上岸后便朝着该岛腹地一座最高的山走去。他很可能是想在那个山顶上为他所认为会尾随而来的某艘船留下那封信。他的身影刚一消失，我们（彼得斯和我都在大副的小艇上）便开始沿着岛岸搜寻海豹。这一搜便搜了大约三个星期，其间我们不仅搜遍了凯尔盖朗岛的每一个洞穴，而且还寻遍了附近几座小岛的每一个角落。但我们这番辛劳却没有什么了不起的收获。我们看见了许多细毛海豹，可它们太容易受惊，见人就逃，我们好不容易才总共获得 350 张毛皮。象海豹触目皆是，尤其在主岛西岸特别多，但我们只捕杀到 20 头，而且这已让我们费尽了九牛二虎之力。在附近那些小岛上我们发现了大量粗毛海豹，但没去骚扰它们。我们于 11 月 11 日返回纵帆船，发现盖伊船长和他的侄子早已回到船上，他俩介绍了该岛腹地之荒芜，将其描述为这世界上最凄凉偏僻的不毛之地。他俩曾滞留在那座岛上过了两夜，由于留守纵帆船的二副对时间安排产生了某种误会，因而未能按时派一艘小艇去接回他们。

第十五章

12 日我们离开圣诞港，回头向西行驶，以左舷朝岸驶过了克罗泽群岛的马里恩岛。随后我们又经过了爱德华太子岛，经过时该岛也是在船的左舷。然后我们稍稍偏北，在 15 天后到达了位于南纬 37° 8′，西经 12° 8′的特里斯坦达库尼亚群岛。

这个由三座圆形岛屿组成的、如今已闻名于世的群岛最初是被葡萄牙人发现，其后荷兰人曾于 1643 年造访该岛，1767 年法国人也曾涉足此地。三座圆岛正好构成一个三角形，岛与岛之间相隔约 10 英里，有开阔无阻的航道连接其间。这些岛的地势都很高，尤其是特里斯坦达库尼亚岛。它是三座岛中最大的一座，方圆有 15 英里，由于其山势巍峨，晴天从八九十英里外就可望见。该岛向北之一部分从海面兀然耸立达 1000 多英尺。海拔这样高的一块台地向后伸延几乎至岛心，而从这块台地上又高高屹立起一座锥形火山，其状犹如特内里费岛之特德峰。此山山腰以下覆盖着高大茂密的树木，但山腰以上则为光秃秃的岩石，通常被云遮雾障，一年大部分时间里都白雪皑皑。此岛周围绝无暗礁或其他危险水域，因为岛岸均陡然壁立，峭壁之下海水幽深。岛的西北方有一小湾，连着一片黑沙海滨，若遇南风，船只很容易在此停泊。这儿不难找到大量清澈的淡水，还有鳕鱼和其他鱼可用饵钩钓之。

面积居第二、位置最偏西的那座岛被叫作难及岛。它的精确位置是在南纬 37° 17′，西经 12° 24′。此岛方圆有七八英里，其海岸无论从哪边看去都陡峻嵯峨，令人望而却步。岛的顶部非常平坦，可全岛土壤都很贫瘠，除了零星矮小灌木什么也不生长。

夜莺岛是最小并最靠南的一座岛，它位于南纬 37° 26′，西经 12° 12′。在靠近它南端的海面上有一串高耸的岩礁，其东北方也可见几块相同的岩礁突兀于海上。此岛地面崎岖，土壤瘦瘠，一道深谷几乎把岛一分为二。

在适当的季节，这些岛的岸边可见大群大群的狮海豹、象海豹、粗毛海豹和细毛海豹，同时集聚着种类繁多的海鸟。附近海面各类鲸也很多。由于过去捕杀这些动物之轻而易举，该群岛自从被发现以来便一直被人频频涉足。早在很久以前，荷兰人和法国人就经常光顾此地。1790 年，帕滕船长率“勤勉号”三桅船从费城驶达特里斯坦达库尼亚群岛，为了采集海豹皮，他在该岛逗留了 7 个月之久（从 1790 年 8 月至 1791 年 4 月）。在这段时间内他至少收集了 5000 张海豹皮，这说明当时他可以毫不费力地在 3 个星期内就装满一船海豹油。在他刚刚到达时，岛上除了几只野山羊，他没再发现任何四足动物，可如今该岛已充满由后来的航海者们陆续引进的各种主要的牲畜。

我认为，由科洪船长率领的美国双桅横帆船“贝奇号”停靠该群岛主岛休整就是在帕滕船长离去之后不久。科洪船长在岛上种植了洋葱、土豆、甘蓝和其他多种蔬菜，如今这些蔬菜已遍布全岛。

1811 年，海伍德船长曾驾“海神号”造访该岛。他当时发现了 3 名留在岛上鞣制海豹皮和炼制海豹油的美国人。其中一名叫乔纳森·兰伯特的宣称自己是该地区的统治者。他已经开垦出了大约 60 英亩土地，并把注意力转向了种植咖啡和甘蔗，咖啡树苗和甘蔗种由当时美国驻里约热内卢的公使提供。然而这一拓垦计划最终被放弃。1817 年，英国政府把该群岛据为己有，并从好望角派去一队人马屯扎。但他们也没待多久，不过当政府的派遣队撤离时，有两三家英国人不依赖政府而独自留居该岛。1824 年 3 月 25 日，杰弗里船长率“贝里克号”从伦敦驶往范迪门地[1]时途经此岛，他们在岛上发现了一名英国人，此人名叫格拉斯，曾是英军的一名炮兵下士。他宣称自己是该群岛的最高长官，统辖着 13 个男人和 3 个妇女。他用赞美的语言介绍了该岛居民主要从事海豹皮之采集和象海豹油的炼制，他们用自己的产品从好望角换回所需之物，格拉斯拥有一艘小纵帆船。我们到达该岛时，这位最高长官依然在任，但他为数不多的臣民数量已有所增加，除夜莺岛上有一个人口为 7 人的小村外，特里斯坦岛的居民已达 56 名。我们毫不费力就购得了我们所需要的差不多每一样东西——猪、羊、牛、兔、鸡、鸭、鹅、鱼，以及大量品种繁多的蔬菜。由于我们在紧靠主岛 18 英寻深的岸边抛锚，所以我们非常方便地就把所有东西全都搬上了船。盖伊船长还从格拉斯手中买下了 500 张海豹皮和一些象海豹牙。我们在那儿逗留了一个星期，其间风主要从北边和西边刮来，天空也多少有

1　即今澳大利亚的塔斯马尼亚岛。

点雾蒙蒙的。11 月 5 日[1]，我们启锚离开该岛，先扬帆南下，后又转向西行，打算去寻找一组被称为奥罗拉群岛的岛屿，因为世人对这些岛屿的存在一直众说纷纭，莫衷一是。

据说这些岛屿早在 1762 年就被"奥罗拉号"三桅船船长发现。1790 年，隶属西班牙皇家菲律宾公司的"公主号"三桅船船长曼努埃尔·德奥维多宣称，他的船曾直接从该群岛之间驶过。1794 年，西班牙战舰"阿特维达号"驶往所说地区，决心查明该群岛的确切位置，而在一份由马德里皇家水文地理学会于 1809 年公布的文件中，有下列文字谈及这次远航考察。"从 1 月 21 日至 27 日，'阿特维达号'战舰在紧靠这些岛屿的海面进行了所有必要的观测，并用经线仪测量了该群岛与马尔维纳斯群岛的索莱达港之间的经度差。该群岛共有 3 座岛屿，它们几乎是在同一条经线上，居中的一座岛海拔很低，而另外两座在约 27 海里外的海上即可望见。""阿特维达号"的观测记录以下列数据提供了那 3 座岛屿各自的精确位置。最北边的一座位于南纬 52° 37′ 24″，西经 47° 43′ 15″；中间的一座位于

1 根据前文记录的时间推算（10 月 18 日到达凯尔盖朗岛，11 月 12 日从圣诞港离开该岛，11 月 27 日到达特里斯坦达库尼亚群岛，在该岛逗留一个星期），此处应为 12 月 5 日。

南纬 53° 2′ 40″，西经 47° 55′ 15″；而最南边的一座则在南纬 53° 15′ 22″，西经 47° 57′ 15″。

1820 年 1 月 27 日，英国海军的詹姆斯·威德尔船长也曾率船从斯塔滕岛出发去寻找奥罗拉群岛。他报告说，尽管他进行了一番最孜孜不倦的搜寻，不仅直接驶过了“阿特维达号”船长指示的那三个坐标点，而且从各个方向穿越了那些坐标点附近的海域，但结果他未能发现任何陆地迹象。这些互相矛盾的声明诱使了其他一些航海者去寻找那个群岛。可说来也怪，当一些人在那个群岛假定的位置搜遍海面每一英寸而不见其踪影时，另外为数不少的一些人则断然宣称他们看见了那个群岛，甚至还靠近了那些岛屿的岸边。眼下盖伊船长的意图是要竭尽全力去解决这个处于争议之中的如此古怪的问题。[1]

我们在不同的气候条件下一直保持航向朝西南方行驶，直到当月 20 日发现我们已到达南纬 53° 15′，西经 47° 58′这个有争议的地方——也就是说，我们当时的位置几乎就正好在被标为该群岛最南边的那座岛的坐标点上。由于没看见任何陆地，我们继续沿 53° 纬线

1 在那些于不同时期宣称见过奥罗拉群岛的船只当中，值得一提的也许有“圣米格尔号”三桅船，1769 年；“奥罗拉号”三桅船，1774 年；“珍珠号”双桅横帆船，1779 年；“多洛雷斯号”三桅船，1790 年。这些发现者一致给出了南纬 53° 这条纬线。——原注

向西航行，直到西经 50°。这时我们转舵北上直达南纬 52°线，随之我们又转向东行，并利用早晚测得的双重地平纬度以及各大行星和月球的地平经度使我们保持沿 52°纬线航行。这样一直向东抵达穿过南乔治亚岛西海岸的那条经线，接着我们便顺那条经线南下，直到返回出发时的那条纬线。然后我们以对角线穿越被标出的那整片海域，航行时始终有人在桅顶瞭望，这样我们又反反复复、周密精到地搜索了 3 个星期。这期间天空格外晴朗，海面上没有任何雾霭。结果当然使我们完全确信，如果说那片海域在过去任何时候真存在过任何岛屿，那它们今天已没有留下丝毫痕迹。自我回国之后，我才发现约翰逊船长率美国纵帆船“亨利号”、莫雷尔船长率美国纵帆船“沃斯帕号”都曾于 1822 年以同样的缜密搜索过那同一片海域，但那两次搜索的结果均与我们这次一样没有任何发现。

第十六章

盖伊船长原计划在查明奥罗拉群岛是否存在之后，便穿过麦哲伦海峡沿巴塔哥尼亚[1]西岸北上，但在特里斯坦达库尼亚群岛获得的消息使他决定继续南下，希望能偶然发现据说位于南纬60°，西经41°20′的某几座小岛。他现在的意图是，万一没找到那几座小岛，那他将在季节允许的情况下向南极挺进。因此，我们于12月12日扬帆南下。19日我们发现已到达格拉斯指示的那个位置，其后我们在那片海域巡游了整整3天，但没有见到他说的那些小岛。12月21日，天气格外晴朗宜人，我们又开始向南行驶，决心沿着这一航向尽可能远地挺进。在讲述本故事的这一部分之前，为了让那些不太注意南极考察之进展的读者有所参考，我

1　指南美大陆南纬39°线以南至麦哲伦海峡之整个地区。

最好是先简单地介绍一下迄今为止人类为到达南极而进行的为数不多的几次尝试。

库克船长的南极之行是我们有清楚记载的首次尝试。1772 年，他率“坚定号”南下，伴他同行的是弗诺上尉指挥的“冒险号”。同年 12 月他发现自己已远达南纬 58°，东经 26° 57′。在这里他遇上了一条狭窄的浮冰带，冰厚约 8 至 10 英寸，向西北和东南方向伸延。大块大块的浮冰常常紧紧地挤在一起，船只通过非常困难。此时，根据所见到的大量海鸟和其他一些迹象，库克船长认为自己已接近陆地。他继续向南行驶，天气异常寒冷，直到他抵达南纬 64°，东经 38° 14′。这时他遇上了温和的天气和徐徐的微风，这种好天气持续了 5 天，当时温度计显示的气温为华氏 36°。1773 年 1 月，他们越过了南极圈，但此后未能向前挺进多远，因为在到达南纬 67° 15′ 时，他们发现前行的航道全都被一条巨大的冰带堵死，那条冰带一眼望不到头，顺着南方地平线横亘在他们面前。冰带由各种各样的冰体组成，有些大块的浮冰团绵延数英里，它们严严实实地挤成一堆，耸出海面达 18 或 20 英尺。当时季节已晚，没有希望绕过那些障碍，库克船长只好极不情愿地掉头北上。

次年 11 月，他重新开始了他的南极搜寻。在南纬 59° 40′ 他遇上过一股极强的向南流动的洋流。12 月，当船队到达南纬 67° 31′，西经 142° 54′ 时，天气之寒冷堕指裂肤，且伴有阵阵大风和浓雾。那里也有大量海鸟，其中最多的是信天翁、企鹅和海燕。在南纬 70° 23′，他们遇上一些巨大的冰山，随后不久又见南方天空的云块洁白如雪，这说明他们接近了冰原。在南纬 71° 10′，西经 106° 54′，这些航海者像上次一样受阻，一片伸延过整个南方地平线的巨大冰原横在了船头。冰原的北岸参差不齐，凹凸不平，严严实实，不可逾越，这道崎岖的边缘向南延伸了大约 1 英里。边缘之后的冰原表面在相当一段距离内看上去比较平坦，一直伸向远方绵亘不绝、重峦叠嶂的冰山山脉。库克船长断定这片茫茫冰原延及南极，或者说连接着一块大陆。J. N. 雷诺斯先生（他的不遗余力和不屈不挠，最终使得美国正在组建一支以南极考察为目标之一的远征队）在谈到“坚定号”的努力时说：“我们并不为库克船长能越过南纬 71° 10′ 线而感到吃惊，但令我们惊讶的是他居然在西经 106° 54′ 到达那个纬度。帕默半岛[1]就在南纬 64°的南设得兰群岛之南面，并向南向西伸延及任何航海者都未曾涉足过的地方。库克船长

1　南极半岛的旧称。

正是在驶往该地时被冰原所阻。而我们认为，这在那个方位点肯定会始终如此，尤其是在像1月初这样早的季节——如果被描述的那些冰山之一部分属于帕默半岛之主体，或属于该陆地更偏南和偏西的某个部分，我们也不应该感到惊奇。”

1803年，克鲁伊兹斯坦恩船长和利西奥斯基船长奉沙皇亚历山大一世之命进行环球航行。在向南挺进的努力中，他们只在西经70° 15′处抵达过59° 58′的纬线。在那儿他们遇上了向东流去的强海流。他们看到了很多鲸，却没看见任何冰。雷诺斯先生谈到这次航行时说：如果克鲁伊兹斯坦恩早一些时候到达那个位置，那他肯定会遇上冰——可他抵达上述纬度时正是3月。像通常一样，主要从南边和西边刮来的风在强海流的协助下，早已把浮冰推进了被北边的南乔治亚岛、东边的南桑德韦奇群岛和南奥克尼群岛，以及西边的南设得兰群岛所包围的那个冰区。

1822年，英国皇家海军的詹姆斯·威德尔船长率两艘小船南下，挺进到了比以往的航海家们所到过的纬度更偏南的地方，而且这次航行没有遇到什么特别大的困难。威德尔船长说，虽然他的船在到达南纬72°线之前常常被冰围住，可到达该纬度后却不见一块冰，并且到达南纬74° 15′时也没发现任何冰原，而只是看见过3座岛状冰山。多少值得注意的是，尽管他们看到了大群大群的飞鸟和其他一些通常表示有陆地的迹象，尽管他们从桅顶望见在南设得兰群岛之南方有陌生的海岸向南延伸，但威德尔船长令那些认为南极地区存在着陆地的人感到泄气。

1823年1月11日，本杰明·莫雷尔船长率美国纵帆船“沃斯帕号”从凯尔盖朗岛起航南下，意在尽可能地朝最南方挺进。他于2月1日到达南纬64°52′，东经118°27′。下面这段话引自他当天的航行日志。“风力很快加强到11级，我们利用这个机会向西行驶。无论有多么相信越过南纬64°线后越往南行就越不担心遇上冰，可我们的航向仍然只是稍稍偏南，直到越过南极圈，而且抵达南纬69°15′。在这个纬度上没发现冰原（就是如平原状的大冰片），只看见很少几座岛状冰山。”

在3月14日的日志中我还发现这段记录：“此时海面上压根儿没有冰原，可看见的冰山不少于12座。与此同时，气温和水温都比我们在南纬60°和62°之间时至少高出13°。我们现在位于南纬70°14′，气温为华氏37°，水温则为34°。在这个位置我发现地平经磁偏角为东14°27′……我已经在不同的经线上数次驶进南极圈，并始终如一地发现，驶过南纬65°线后越往南行气温水温就越高，而磁偏角则以相同比例减小。在这条纬线之北时，譬如说在南纬 60° 到 65° 之间时，我们常常很困难地在无数巨大的冰山之间为船找一条通道，那些冰山有的方圆达 1 至 2 英里，高出水面不下 500 英尺。

尽管前方是一片通行无阻的汪洋，但由于缺乏燃料和淡水，没有适当的仪表仪器，加之当时季节也太晚，所以莫雷尔船长没有尝试继续南下，而是被迫掉转船头向北返航。他后来说，要不是这些决定性的考虑迫使他回头，他当时即便不能直抵南极本土，至少也可能航行到南纬 85° 线。我对莫雷尔船长关于这些问题的想法谈得稍微详细一点，以便读者能有机会看到我随后的经历在多大程度上能证实这些想法。

1831 年，受雇于伦敦捕鲸船主恩德比兄弟的布里斯科船长驾“活力号”双桅横帆船驶向南半球海域，单桅纵帆船“图拉号”伴它同行。2 月 28 日，他在南纬 66° 30′，东经 47° 31′ 远远地望见了陆地，并且“因白雪的衬托而清楚地看到了沿东南偏东方向绵亘的山脉之黑色峰峦”。其后的整整一个月，他一直逗留在那个方位点附近，但由于风大浪高，他靠近那片陆地的距离未能超过 30 海里。眼看在那个季节不可能有更进一步的发现，他只好掉头北上到范迪门地过冬。

1832年初他再次南下，并于2月4日在南纬67°15′，西经69°29′看见了东南方向有陆地。他很快就发现这是一座岛，靠近他第一次看见的那块陆地突出的一个岬角。当月21日他成功地登上了该岛，并以英王威廉四世的名义宣布占领，用王后的名字将其命名为阿德莱德岛。这些详情由伦敦皇家地理学会公布于众，该学会得出的结论是“平行于南纬66°线到67°线之间，在东起东经47°30′、西至西经69°29′的范围内，有一片连绵不断的广袤的陆地”。雷诺斯先生在谈到这个结论时说：“我们绝不认为此结论颠扑不破，布里斯科的发现也并不成为这种结论的根据。正是在该结论所说的范围内，威德尔船长顺着一条经线向南航行到了南乔治亚岛、南桑德韦奇群岛以及南奥克尼群岛和南设得兰群岛以东海面。”读者将会看到，我自己的亲身经历将最直观地证明那个学会得出的结论的确站不住脚。

以上便是人类向南半球高纬度挺进的主要尝试，而现在读者可以看到，在“简·盖伊号”南进之前，整个南极圈还有差不多300个经度的范围从来没被人跨越过。我们的前方当然有一大片领域尚待去发现，而我正是怀着最强烈的兴趣听盖伊船长表示他要勇敢地向南挺进的决心。

第十七章

放弃了寻找格拉斯所说的那几座小岛之后，我们一连 4 天都保持着向南的航向,其间没有遇上任何浮冰。26 日中午，我们到了南纬 63° 23′ ，西经 41° 25′ 。这时我们见到了几座很大的岛状冰山和一片漂浮的冰原冰，不过分布的范围并不太广。风主要从东南方或东北方吹来，但都非常柔和。一旦刮来很少有的西风，那就必然伴随着一场风飑。每天我们都或多或少遇上下雪。27 日温度计显示的气温是华氏 35°。

1828 年 1 月 1 日。这天我们发现自己完全被浮冰包围，我们的前景看上去实在不容乐观。整个上午一直刮着狂暴的西北风，卷动大块大块的浮冰撞击舵和船尾，撞击之猛烈令我们都担心其结果，天近黄昏时仍然有狂风怒号，前方的一大块冰原冰破裂，这才使我们能够凭着扯满风帆闯过较小的浮冰驶进一片开阔水域。我们在接近那片水域时开始逐渐收帆，待完全摆脱浮冰区后，则只用一块收缩了背风面的前桅横帆顶风把船停住。

1月2日。天气尚好。中午时测得的方位是南纬69°10′，西经42°20′，我们已经跨过了南极圈。尽管我们身后大块大块的浮冰触目皆是，但朝南方望去却很少见到冰。这天我们用一个容积为20加仑的大铁桶和一根长度为200英寻的绳子做成了一个探测装置。我们测出海流流向北方，流速大约为每小时四分之一英里。此时气温为华氏330°左右。我们发现该方位的地平经磁偏角为东14°28′。

1月5日。我们一直向南行驶，一路上没遇到任何大的障碍。但这天上午，在南纬73°15′，西经42°10′，一大片坚冰又挡住了我们的去路。但我们望见南方海面非常开阔，并毫不怀疑最终能够到达那片海域。我们顺着那片浮冰的边缘往东行驶，最后发现了一条大约1英里宽的通道。日落时分，我们终于经那条弯曲的通道穿过了浮冰。此时我们到达的海面浮满了岛状冰山，但没有冰原冰，我们像先前一样勇往直前。虽说我们频频遇上大雪，偶尔还遭遇猛烈的冰雹，但气温似乎并没有降低。那天有大群大群的信天翁经过纵帆船上空，从东南方向西北方飞去。

1月7日。海面依然非常开阔，我们向南的航道通行无阻。朝西边望去，我们看到一些大得惊人的冰山，下午我们从一座冰山附近驶过，发现冰山之顶距水面至少有400英寻。它底边的周长大概有2.5海里，几股涓涓细流从山腰的一些裂缝往下流淌。其后两天内我们一直都还能望见那座冰山，只是后来的一场雾才使它从我们的视野里消失。

1月10日。这天一大早我们不幸地失去了一名水手。他是个在纽约土生土长的美国人，名叫彼得·弗雷登贝格，是船上最出色的水手之一。他在走向船头时不慎脚下一滑，结果跌入两块浮冰之间再也没冒出水面。这天中午我们的方位是南纬78°30′，西经40°15′。此时天寒水冷，我们不断遭遇从北方和东方袭来的冰雹。朝东边望去，我们又看见几座更大的冰山，整个东方地平线似乎都被重重叠叠、高高耸起的大浮冰堵塞。傍晚有一些浮木从船边漂过，并有大量海鸟飞过头顶，鸟群中有大海燕、海燕和信天翁，还有一种羽毛蓝晶晶的大海鸟。这里的地平经磁偏角比我们越过南极圈时测得的更小。

1月12日。我们的南进再次显得前景叵测，因为朝南极方向望去，只能看见一片显然无边无际的冰原，背衬着起伏重叠、嶙峋嵯峨的茫茫冰山。到14日为止，我们一直在向西航行，希望能够发现一条通道。

1 月 14 日。这天上午我们驶到了挡住我们去路的那片冰原之西端，安全地绕过它之后，船进入了一片没有冰的开阔海面。探测 200 英寻深的水下，我们发现了一股向南流动的暗流，其流速为每小时半英里。那里的气温是华氏 47°，水温为 34°。这下我们一帆风顺地向南航行了整整两天，16 日中午到达南纬 81°21′，西经 42°。在这里我们再次进行了探测，并发现一股仍然流向南方的暗流，其流速为每小时四分之三英里。地平经磁偏角变得更小，天气温暖宜人，气温高达华氏 51°。这时海面上看不见一块冰。船上所有人都认为我们肯定能到达南极。

1 月 17 日。这是多事的一天。无数的海鸟由南往北一群群从我们头顶飞过，水手们开枪打下了好几只，后来发现其中一只像是鹈鹕的鸟味道特别鲜美。大约中午时分，桅顶瞭望员发现船的左前方有一块小浮冰，冰上似乎有一头大动物。由于天晴气朗，几乎风平浪静，所以盖伊船长下令派两艘小艇去弄清那是什么。德克·彼得斯和我随大副上了那艘较大的艇。接近浮冰后，我们发现那是一种属于北极熊之类的巨大动物，不过它的个头远远超过了最大的北极熊。因为全副武装，我们便无所顾忌地马上向它发起了攻击。几支枪同时开火，显然大部分枪弹都击中了它的头部和身体。但什么也挡不住那头巨兽，它从那块浮冰上跃入水中，张着大口朝彼得斯和我乘的那艘小艇游来。这意想不到的情况一时间令我们惊慌失措，结果谁也没立即准备好第二次射击，而那头巨熊终于把它庞大的半个身躯压上了我们的舷缘，不待我们进行任何抵抗，它已一掌抓住了一名水手的腰部。在这千钧一发之际，是彼得斯的果断和敏捷救了我们的命。他猛扑到那头巨兽背上，一刀捅进它的后颈，刀尖一直刺到脊髓。那家伙连挣扎也没挣扎一下就丧命滚入水中，把彼得斯也一并带下海去。但后者很快就浮出水面，接住我们抛给他的一根绳子，在游回小艇之前系住了那头死熊。然后我们得意扬扬地拖着战利品返回大船。上船一量，发现这头熊体长足足有 15 英尺。它雪白的皮毛粗糙而卷曲。它血红的眼睛比北极熊的还大，它的口鼻部也比北极熊的更圆，颇似牛头狗那副嘴脸。它的肉很嫩，但有一股难闻的鱼腥味，不过那些水手一个个吃得狼吞虎咽，还一个劲儿地夸它好吃。

我们刚把这战利品收拾好，桅顶瞭望员就欣喜地喊道："右前方发现陆地！"船上的人顿时都警觉起来，这时恰好从东北方向吹来一阵和风，我们很快就驶近了那片海岸。那原来是一座低矮的岩岛，方圆大概有

3英里，岛上除了一种像是霸王树的仙人掌，再也看不见任何植物。从北边靠近小岛，只见一道孤零零的岩壁伸入海中，其形酷似一堆棉花。绕过这道岩壁向西，发现一个小小的海湾，我们在湾内稳稳地把船停住。我们没花多少时间就踏勘了全岛,但除了一个例外，没发现任何有价值的东西。在小岛南端靠近水边之处，我们拾到了一根半截插入一堆乱石的木棍，它看上去像是一种尖头划子的船头。木头上显然有某种雕刻过的痕迹，盖伊船长认为他能辨出那是一种龟的图案，但我看不出那些刻痕与龟有相似之处。除了这截船头外，如果真是船头的话，我们没发现岛上有任何人或动物栖息过的迹象。小岛周围的海面上偶尔可见小块浮冰，但数量很少（盖伊船长为了向那位与他共同拥有这艘纵帆船的人表示敬意，以他的名字将此岛命名为贝内特岛），这座小岛的准确位置是南纬 82° 50′，西经 42° 20′。

此时我们已经比以往的任何航海者都多向南航行了8个纬度,而我们的前方仍然是一片没有冰冻的汪洋。同时我们还发现，磁偏角始终随着我们的南进而减小。更令我们惊讶的是，气温和近来的水温也逐渐升高。气候甚至可以说是温暖宜人，有一股持续不断却非常柔和的风从罗盘指示的北方吹来。天空格外晴朗，南方地平线上偶尔出现一层薄薄的雾霭，不过这种雾霭总是转瞬即逝。现在我们面临的只有两个困难：一是船上燃料短缺，二是有好几名船员显示出患了坏血病的症状。这两种情况使盖伊船长想到了返航之必要，他开始不断地谈到这种想法。就我而言，由于我坚信我们顺着当时的航线很快就会到达某块陆地，再由于当时的各种迹象都使我有充分的理由相信，我们将到达的那块陆地不会像在北半球高纬度地区所发现的那样贫瘠荒凉，所以我慷慨激昂地劝说船长坚持南进，至少也该保持航向再多走几天。我承认，由于自己极想趁机弄清到底有没有南极大陆这个令人困惑的问题，所以我对船长心虚胆怯、不合时宜的提议表示了愤怒。实际上我深信，正是我气头上对他说的一番话促使他做出了继续南下的决定，因此，虽说我不能不为我的力劝所导致的那些最不幸的流血事件而感到悲痛，但仍然得允许我在悲痛之余感到几分欣慰，因为无论多么微不足道，可我毕竟为开拓科学视野起了一点作用，让一个最激动人心的奥秘从此得到了科学界的关注。

第十八章

1 月 18 日。这天早晨[1]我们继续南下，天气照常温暖宜人。海面平静而柔和，暖融融的风从东北方向吹来，水温为华氏 53°。

此时我们再次摆弄好我们的探测装置，并在放下 150 英寻测绳时发现暗流正以每小时 1 英里的速度流向南极。风向和暗流都始终朝南的趋势在船上不同岗位的船员中引起了一些猜测，甚至引起了不同程度的惊恐，而我清楚地看出这种趋势对盖伊船长也造成了不小的影响。但他这个人对嘲笑特别敏感，所以我最后用笑声成功地驱除了他心中的忧虑。磁偏角此时已变

1 我使用早晨和晚上这类字眼仅仅是为了尽可能地避免叙述上的混淆，读者断不可按其通常的含义去理解它们。好久以来我们已经完全没有黑夜，只有漫无尽头的白天。文中的日期均按航海时间计算，方位则依据罗盘刻度指示。在此我还应该说明，我不敢声称本篇叙述前部分里所涉及的日期或经纬度完全精确，因为在那之后我才开始有规律地写日记。讲述前部分的许多事我只能全凭记忆中的印象。——原注

得很小。在当天的航程中我们见到好几头巨大的白鲸，并有数不清的信天翁一群群从船的上方飞过。我们还偶然捞起了一株结满了山楂样红浆果的灌木和一具模样奇特的陆地动物的尸体。这种动物体长 3 英尺，可身高只有 6 英寸，四条腿非常短，脚上长有色泽鲜红、质如珊瑚的长长利爪。其毛直，而且光滑洁白。其尾尖，形似老鼠尾巴，长约 1 英尺半。其头像猫，但耳朵除外——它的耳朵就像狗耳朵一样垂下。其牙同其利爪一样也红得发亮。

1 月 19 日。今天，在南纬 83° 20′，西经 43° 5′（这里的海水呈现一种异乎寻常的深色），我们又从桅顶看到了陆地，经过一番更仔细的观察，发现那原来是一组相当大的群岛中之一座。岛岸显得峭拔巉峻，腹地看上去则林木葱茏，这番景象令我们感到欢欣鼓舞。大约 4 小时之后，我们的锚抛在了离岛 5 英里外 10 英寻深的沙质海底，由于拍岸浪太高，加之岛周围水面东一处西一处地涌起回浪，所以我们不敢贸然靠近。船上最大的两艘小艇此时被放下水，一队全副武装的船员（其中有我和彼得斯）出发去那似乎环绕着海岛的一圈暗礁中寻找通道。搜索了一阵之后，我们发现了一个入口。我们正要驶进，这时只见 4 只很大的木筏子离岸向我们划来，筏子上坐满了好像持有武器的人。我们等着他们靠拢，而他们的速度很快，不一会儿就划到了能与我们相互喊话的距离之内。这时盖伊船长把一方白手巾系在一柄桨上举起，那些陌生人顿时把划子停住，同时一齐扯开嗓子叽叽喳喳地叫嚷一些急切不明的话，偶尔还伴着阵阵呐喊，我们能听清的字眼只有“阿纳姆—姆！”和“拉玛—拉玛！”。他们这样大喊大叫了足足有半个小时，其间我们趁机好好地把他们打量了一番。

在那 4 只长约 50 英尺、宽约 5 英尺的木筏子上，共有 110 个野蛮人。他们的身材和一般欧洲人差不多，但体格比欧洲人更健壮结实。他们的皮肤乌黑发亮，浓密的头发又长又乱。他们穿着一种不知取自何种动物的黑色毛皮，毛皮多毛而光滑，剪裁得还算合体，除了领口、袖口和脚踝处，皮衣的毛都翻在里面。他们的武器主要是木棍，用一种显然很重的黑木头做成。但也可看见他们中有人持长矛，矛头是尖形燧石，此外他们还有一些投石器。4 只木筏子的船底都装满了鸡蛋大小的黑色石头。

待他们终于结束了演说（因为他们那番急切不明的叫嚷显然是在演说），他们中一位像是酋长的人站到他乘的那只筏子的船头，用手势招呼我们把小艇靠近他身边。我们假装看不懂他的手势，因为我们认为还是尽可能地与他们保持距离为妙，毕竟他们的人数是我们的整整4倍。那酋长看出了我们的心思，便命令另外3只筏子留在原处，自己乘坐的那只则向我们划来。他一靠近就纵身跳上了我们最大的那艘小艇，径自坐到了盖伊船长身边，同时用手指着纵帆船，嘴里不住地重复道"阿纳姆—姆！"和"拉玛—拉玛！"，这时我们退向纵帆船，那4只筏子隔着一小段距离紧随其后。

靠上大船舷侧时，那位酋长显得非常地惊讶和高兴。他不住地拍手掌、大腿和胸部，并呵呵地发出刺耳的笑声。他身后那帮家伙也同他一起乐，其喧骚鼓噪声一时间震耳欲聋。等这阵嘈杂声终于平息，盖伊船长下令把小艇绞上大船，以作为一种必要的防范，然后他设法让那位酋长（我们很快就发现他的名字叫太精）明白，我们一次只能允许他手下的20个人上我们的大船。他对这个安排似乎非常满意，并向那些木筏子发出了命令，一只筏子应声驶了过来，其余的则停在约50码外。20个野蛮人登上了大船，并开始在甲板上四处走动，在索具间上下攀缘，怀着极大的好奇心打量每一样东西，一个个显得非常随便。

显而易见，他们以前从不曾见过任何白种人——实际上白人的肤色似乎令他们畏缩。他们以为"简·盖伊号"是一种活着的动物，似乎是怕他们的矛尖伤着了它，都小心翼翼把矛尖向上竖起。太精酋长的一番举动使我们的船员觉得非常有趣。当时我们的厨师正在厨房旁边劈柴，不小心把斧子砍在了甲板上，砍出了一道相当深的裂口。那位酋长马上冲过去，粗暴地把厨师推到一边，然后半像啼哭半像号叫地大吼大嚷，强烈地表达了他对他所认为的纵帆船遭受的痛苦之深切同情。他用手对那道裂口又拍又抚，还从旁边的一个桶里浇海水为它清洗。对这种愚昧无知的程度大伙儿都没有心理准备，而在我眼里，我禁不住认为那种愚昧无知有点像是装疯卖傻。

当舱面上的一切充分满足了参观者的好奇心后，他们被允许进入舱内，这时他们的惊奇感更显得无以复加。我没法用语言来形容那种诧异的样子，因为他们在舱内走动时几乎是鸦雀无声，只是偶尔发出低声惊叹。我们的枪支引起了他们的种种猜测，因而他们被允许随意触摸，仔细观看。我迄今也不认为他们当时对枪的真实用途有丝毫概念，看到我们对枪支轻拿轻放，看到我们密切注视他们摆弄枪支时的一举一动，他们只认为那些东西是偶像。大炮使他们觉得更不可思议。他们走近大炮时都流露出敬畏的神情，不过我们没容他们细看。主舱里挂着两面镜子，这使他们的惊讶达到了顶点。太精酋长第一个走近镜子，当时他站在主舱中央，脸朝一面镜子，背向着另一面，不过还没有注意到它们。可当他抬起目光并从镜子里看到自己的身影时，我认为那个野蛮人吓得差点儿发疯。而当他转身退缩，又从另一面镜子里看到自己时，我真担心他会被当场吓死。此后我们百般劝说，他也不肯再朝镜子看一眼，而是扑倒在地板上，用手紧紧地把脸捂住，直到我们不得不把他拖上甲板他才松开双手。

所有的野蛮人都按 20 人一次分批参观了大船，太精酋长则一直被允许待在船上。我们没发现他们有任何偷窃的意图，他们走后船上也没丢失任何东西。在整个参观期间，他们都显得非常友好。不过他们的某些举止令我们难以理解：譬如我们没法让他们靠近几样完全无害的东西，如船帆、鸡蛋、翻开的书或一盆面粉。我们努力想探明他们是否有什么东西值得与我们做交易，但发现很难让他们明白我们的意思。不过令我们惊讶不已的是，我们终于了解到该群岛盛产加利帕戈巨龟，我们看见太精酋长的筏子里就有一只。我们还看见一个野蛮人正在贪婪地生吃他手中拿着的一种海参。考虑到在这样的高纬度地区，龟和海参的出现当然很异常，这使得盖伊船长想对该地区进行一番彻底的调查，希望能从他的发现中做成一笔有利可图的生意。对我来说，尽管我也急于更多地了解那些岛屿，可我更迫不及待地一心想直抵南极。我们遇上的天气不错，可谁也说不准好天气会延续多久。而且既然已经到达南纬84°线，既然前方是一片没有冰冻的大海，既然迅猛的暗流和顺畅的风都朝向南方，那我实在没有耐心听到长时间逗留的提议，尤其是这种逗留超过了保证船员健康和补充燃料及新鲜食品之绝对必要。我告诉船长，我们可以毫不费力地把该群岛列入我们返航时的行程，如果海面被冰冻，我们还可以在此过冬。他终于接受了我的意见（由于某种连我自己也说不清的原因，我已经开始对他有很大的影响力），最后我们决定，即便发现该地产海参，我们也只在那里休整一个星期，然后就尽快继续南行。因此我们做好了一切必要的准备，并在太精酋长的引导下让“简·盖伊号”安全地驶过了那圈暗礁，在离岸约1英里处抛下了锚，抛锚处位于该岛南岸一个漂亮的海湾，四周有陆地环绕，水深10英寻，海底是黑沙。（我们被告知）该海湾的尽头有3股水质很好的清泉，而我们看见那附近林木蓊郁。那4只木筏子跟着我们进了海湾，不过与我们保持着一段礼仪上的距离。太精酋长一直留在我们船上，待我们一抛下锚，他便邀请我们陪他上岸，去访问位于该岛腹地的他的村寨。盖伊船长接受了他的邀请。10个野蛮人被留在船上作为人质，我们一共12个人准备随酋长上岛。我们小心翼翼地带好武器，但又没表现出任何对他们的不信任。纵帆船上的大炮伸出了炮孔，防攀网从舷侧支出，此外还采取了其他适当的防卫措施以防意外。船长命令大副在我们离船期间不许任何人上船，如果12小时后不见我们返回，就派那艘装有一门旋转小炮的快艇沿岛搜寻我们。

往该岛腹地所走的每一步都迫使我们确信，我们正置身于一个与迄今为止文明人到过的任何地区都截然不同的地方。我们看不见任何一样自己熟悉的东西。岛上的树木既不像热带、温带或北半球寒带的植物，也完全不同于我们已经到过的南半球那些纬度更低的地区的树木。甚至连岩石的质量、色泽和层理也都异乎寻常。而那些看上去令人不可思议的溪流与其他地带的溪流的共同之处是那么的少，以至我们连尝一口都有所顾虑。实际上，我们很难使自己相信溪流中的水真是纯粹的氢氧化合物。当我们路过遇上的第一条小溪时，太精酋长和他的手下人停下来喝水。由于溪水性质奇特，我们以为是受了污染，所以都拒绝尝一尝。过了一些时候我们才终于明白，那整个群岛所有的溪流看上去都是那样。我真不知该如何赋予这种液体一个清晰的概念，也没法三言两语地对它加以描述。尽管它像普通的水一样急速地流往低处，但除了飞瀑直落时，它任何时候看上去都不具有水通常透明的外观。可实际上它与任何石灰岩洞中的清水一样透明，不同之处仅仅是外观。乍一看，尤其是在溪底不太倾斜的情况下，它的浓度使它很像是普通水与阿拉伯树胶的混合液。但这只是它奇异特征之最不惊人之处。它并非无色，也不具有任何一种始终如一的颜色，就视觉而言，它流动时呈现出深浅不同的紫色，宛若一块闪光丝绸。这种产生浓淡变化的样子在我们中引起的惊讶程度不亚于太精酋长看见镜子时的那番惊恐。从溪中舀上一盆水，待其完全平静，这时我们看出那种流体是由无数清晰的脉络组成，每一根脉络都具有一种清晰的色度，那些脉络互不交融，它们的凝聚力对自身粒子很强，对相邻的脉络则较弱。用刀横切过那些脉络，水体立即把刀刃淹没，与普通水的情况无异；同样，一旦把刀抽出，水体就马上合拢，而不留下丝毫刀切过的痕迹。然而，若将刀刃精确地插入两根脉络之间，那抽刀断水立刻就成为现实，它们的凝聚力不会马上使裂缝合拢。这种水的现象构成了一根巨大魔链明确的第一环，而我则命中注定终将被那根魔链缠住。

第十九章

那个村子离海岸不下9英里，而且道路蜿蜒崎岖，所以我们差不多走了3个小时才到达。当我们走在路上时，太精酋长的队伍（原木筏子上那110个野蛮人）不断壮大，因为在好些个转弯处都有那么一支人数或三三两两、或六七成群的小分队加入我们的行列，看上去似乎是出于偶然。但这种偶然太有规律，以至我禁不住心生疑窦，并把我的担心告诉了盖伊船长。可当时要退回已经太晚，我们只能决定最好的安全保障就是对太精酋长的诚意表示出一种绝对的信任。于是我们继续行走，同时密切注视那些野蛮人队形的变动，不许他们插进来把我们的人分开。就这样，在穿过了一个险峻的山谷之后，我们终于到达了我们被告知是岛上唯一的那个村落。当村落进入我们的视野时，太精酋长不断大声重复说“克罗克—克罗克”。我们猜想这可能是那个村落的名字，或者，可能是泛指村庄这个概念。

村民们住所之凄凉最令人难以想象。那些式样不同的栖身之处比人类所知的最不开化的种族所住的窝棚还不如。一些属于在该岛被叫作旺普斯或鞅普斯的重要人物的居所用一棵树和一张黑兽皮造就，树在离根4英尺处被砍去上部，再把一张硕大的兽皮罩在树桩上，兽皮形成褶皱垂到地面，主人便在兽皮下安身。另一些窝巢用上面留有枯叶的大树枝建成，这些树枝以45°角斜搭在土坡壁上，没有固定的形式，一般都有五六英尺高。还有一些住所是在地上垂直挖出的洞穴，洞口用同样的树枝遮盖，主人进洞时把树枝移开，进洞后又将其重新盖上。有少数窝巢搭建在树干的分杈之处，窝巢以上的枝丫均被砍裂，以便它们能耷拉下来，形成遮风蔽雨的屏障。但大量的居所是由又小又浅的洞穴组成，洞穴显然是挖在一种看上去像是漂泥的黑色岩壁上，而村子的三面都被这种陡峭的黑色岩壁包围。每一个这样的原始洞穴旁边都有一块小岩石，主人离洞外出时都会小心翼翼地把岩石放到洞口前。我弄不明白这是何用意，因为岩石的大小还不够挡住洞口的三分之一。

如果这地方称得上村子的话，那该村坐落在一条幽深的山谷里，只有从南边才能进入，其他所有方向的通道都被我刚才谈到的陡峭的岩壁阻断。山谷中穿过一条淙淙小溪，小溪里流淌着我前面描述过的那种魔水。我们在那些住所的周围见到几种陌生的动物，它们看上去早已被完全驯化。最大的一种动物在体形和口鼻部方面都像我们一般的猪，却有一条毛茸茸的尾巴，而且四肢细得像羚羊腿。它行动起来非常笨拙和缓慢，我们一点儿也看不出它有跑的意图。我们还注意到几头形状与其相似的动物，但它们的身体要长得多，而且身上覆盖着一种黑色软毛。村里到处都奔跑着各种各样的家禽，它们似乎就是村民们的主要食物。令我们惊讶的是，家禽中竟包括完全处于驯养状态的黑信天翁，它们定期到海上觅食，但到时总回到村里，孵卵季节则去往离村子最近的岛南海滩。在那儿它们仍然和它们的朋友企鹅同住，但后者从来不跟着它们返回村里。其他家禽包括一种与我们的北美野鸭大同小异的鸭子、一种黑羽塘鹅、一种形似红头鹫却并非食肉类的大鸟。那里鱼的品种似乎特别多。访问期间我们看到了大量晒干的鲑鳟鱼、石斑鱼、蓝鲯鳅、鲭鱼、隆头鱼、鳐鱼、鳗鲡、银鲛、鲻鱼、鳎鱼、鹦嘴鱼、鳞鲀、魴鮄、海鳕鱼、鲆鱼和其他不胜枚举的形形色色的鱼。而且我们注意到，它们中的大多数都相似于南纬51°线上奥克兰勋爵群岛附近海域生长的鱼。加利帕戈龟的数量也特别多。可我们只看见很少几种野生动物，而且它们的个头都不大，也没有一种为我们所熟悉，曾有一两条模样十分可怕的蛇从我们行进的路上窜过，可那些土著人对其很少注意，我们猜想它们无毒。

当我们随太精酋长和他的队伍走近村子时，村里拥出一大群人来迎接我们，他们高声呐喊着，我们能听清的只是那不绝于耳的“阿纳姆—姆！”和“拉玛—拉玛！”。我们万分惊奇地看到那些村民除了极少数例外，其余的全都赤身裸体，兽皮衣看来只有木筏子上的那些人穿。全岛的武器似乎也全都被后者所拥有，因为村民中简直看不见任何武器。人群中有许多妇女和儿童，那些女人绝不缺少也许可以被称作所谓的人体美。她们身材修美，体形婉妙，仪态端庄，具有一种文明社会里找不到的优雅而自在的风韵。可她们的嘴唇和岛上男人们的一样又厚又笨，甚至当她们发笑时也绝不会露出牙齿。她们的头发看上去比男人的更光洁。在那些赤身裸体的村民中，大概有十一二个人像太精酋长的手下人一样穿着黑色兽皮并握着长矛棍棒。这些人在村民中似乎有很大的权势，总是被人尊称为旺普斯。他们也就是那些黑皮宫殿的居住者。太精酋长的宫殿坐落在村子中央，建造得比其他同类住所更大更好。作为支柱的那棵树在离地约12英尺处才被砍掉，而且剩下部分的顶端留有几根丫枝，丫枝使顶篷朝四周伸延，从而不至于垂下包着树干。而且那顶篷也是由用木针缝合在一起的4张很大的兽皮做成，兽皮的四角也被木钉牢牢地钉在地上。顶篷下边的地上铺了厚厚一层干树叶作为地毯。

我们被庄重地引进这个帐篷，数不清的岛民簇拥在我们身后。太精酋长在树叶上坐下，并示意我们学他的样子。我们坐了下来，不一会就感到极其不安，如果说不是觉得如坐针毡的话。我们12个人席地而坐，另有40个野蛮人挤得紧紧地围坐在我们身边，如果真出什么乱子，我们将不可能使用武器，甚至连站起身也许都来不及。不仅帐篷里挤得水泄不通，帐篷外也是黑压压的人群，说不定岛上的所有人都聚集到了这里，只是因为太精酋长不断地挥手呐喊，人群才没有挤进来把我们踩成肉酱。我们主要的安全保障就在于酋长本人在我们中间，我们决心紧紧贴在他身边，一旦发现对方表现出敌意，那我们首先就把他干掉，从而趁机使我们自己逃离险境。

人群好不容易才安静下来，这时酋长开始对我们发表长篇致辞，他的致辞听上去和我们刚遇见木筏子时听到的演说差不多，只是“阿纳姆—姆”这个词现在比“拉玛—拉玛”这个词出现得更加频繁,更加坚决。我们一声不吭地洗耳恭听，直到他终于结束了那番长篇大论，这时盖伊船长开始致答谢词，他向酋长表示了我们万世不易的友情和真诚美好的祝愿，最后他还送给酋长几串蓝珠和一柄折刀作为礼物。令我们惊讶不已的是，酋长对那些串珠嗤之以鼻，可折刀却令他感到称心如意。他马上下令摆宴待客。菜肴由几名仆人用头顶进帐篷，内容是一堆还在蠕动的内脏，内脏取自一种我们叫不上名的动物，大概取自我们刚进村时所看见的那种细腿猪。酋长见我们不知所措，便率先动口为我们作示范，他津津有味地把那种猪肠一截一截往肚里吞，直到我们因实在忍耐不住而明显表现出来的恶心反胃才使他停止了吞咽，这时他吃惊的程度只比他在船上看到镜子时稍逊几分。可我们仍然拒绝品尝摆在我们面前的美餐，并竭力让他明白我们一点儿也没有胃口，因为在遇上他们之前我们刚刚饱餐了一顿。

待酋长吃完饭，我们便开始以我们所能想出的各种方式随他提问，希望能发现该地区主要出产什么，并弄清所产之物是否能让我们有利可图。最后他似乎明白了我们的意思，答应陪我们一道去海边的一个地方，并向我们保证那里有多得数不清的海参（说着指给我们看了那种软体动物的一个标本）。我们很高兴能有机会早一点摆脱人群的重重包围，并表达了想去海边看看的急迫心愿。于是我们离开了帐篷，在全村人的陪同下跟着酋长来到了离我们停船之处不远的该岛南端。我们在岸上等了大约有一个小时，最后一些野蛮人把那 4 只木筏子划到了我们跟前。待我们 12 人上了一只筏子，筏子便沿着前面提到过的那圈暗礁和离岛更远的另一圈礁脉划行，我们在礁丛间看到的海参真是不计其数，连我们当中最老的水手在纬度更低的那些以盛产海参而闻名的群岛也未曾见到过这么多的海参。我们在礁丛间没有久留，一旦确信了如有必要我们可以轻易地装满 12 船海参之后，我们便被送回到纵帆船旁边，太精酋长临别时许诺，他将在 24 小时内为我们送来他那些木筏子所能装下的鲜鸭和加利帕戈龟。在这次冒险访问的整个期间，除了在去的路上，酋长的队伍曾以那种有规律的方式壮大之外，我们没看出那些土著人的行为有任何可疑之处。

第二十章

酋长说话算话，很快就为我们提供了大量的新鲜食物。我们发现送来的龟与我们所见过的最好的龟一样棒，而那些鲜鸭则超过了我们最好的野禽，其肉鲜嫩多汁，味美可口。除此之外，当我们让那些野蛮人明白我们的愿望之后，他们又送来了许多褐色芹菜和辣根草，另外还有满满一划子鲜鱼和一些干鱼。芹菜的确是一种难得的美食，而辣根草则证明对我们当中有坏血病症状的船员大有益处。在很短的时间内，我们船上就不再有一个病号。我们还得到了许多其他的新鲜食品，其中值得一提的是一种软体动物，它看上去像是贻贝，可吃起来是牡蛎的味道。送来的褐虾与龙虾数以千计，信天翁和其他禽类的黑壳蛋更是数不胜数。我们还收到了大量我前面提到过的那种猪的肉。船上大多数人都觉得那种肉好吃，但我认为它有一股讨厌的鱼腥味。为了答谢土著人的这番慷慨，我们回赠给他们蓝珠项链、铜制饰品、钉子、折刀和一些红布，他们为这种交换而欣喜不已。于是我们在船上大炮射程内的海滩上设立了一个正规市场，以物易物的交易从各方面看都充满诚意并井然有序，而这些野蛮人在“克拉克—克拉克”村里的表现未曾让我们对此有所奢望。

事情一连几天都在祥和的气氛中进行，其间土著人曾三三两两频频登上纵帆船，我们的船员也经常成群结队地上岸，远足深入到岛心腹地也未受到任何骚扰。由于岛民们的友好倾向，盖伊船长觉得很容易让他们帮忙采集海参，而且采到的海参很容易就能装满一船，于是他决定同太精酋长协商在岛边建一些加工房和库房，以作为他和他的部落尽可能多采集海参的必要设施，而船长本人则准备利用好天气完成既定的南极航行。当向酋长提出此事时，他似乎非常乐意接受这个建议。于是一项双方都满意的协议很快达成。根据协议，在完成诸如划定地界，建起部分房屋和其他一些需要我们的全体船员共同完成的任务之后，纵帆船即可起航继续南行，只留3人在岛上监督计划的实施，并指导那些土著人烘晒海参。作为交换的条件，则视我们离去期间那些野蛮人努力的结果而定。待我们返航归来时，他们加工好的每担海参将换到一定量的蓝珠项链、折叠小刀和红布等等。

这种名贵海产品的特征及其加工方法也许会引起我的读者们几分兴趣，而我再也找不到比这更合适的机会向诸位介绍一段关于海参的叙述。以下这段详尽的描写引自一部到南半球诸海去的现代航行史。

“产于印度洋诸海的那种软体动物在贸易中以法语谐称 bouche de mer（来自海洋的美味）而闻名。如果我没完全弄错的话，著名动物学家居维叶认为它是‘腹足纲肺螺亚类软体动物’。这种软体动物在太平洋诸岛屿也被大量采集，尤其是为中国市场采集，它在那里可卖高价，其售价之高也许相当于中国人津津乐道的燕窝，而燕窝大概就是一种燕子用从这种软体动物体内衔出的胶状物筑成的巢。这种软体动物无壳无腿，除了吸收和分泌这对器官外，再没有其他明显的器官。但凭着伸缩灵活的触手，它们能像鳞翅目幼虫或蠕虫那样爬到浅水区域，这样在退潮的时候它们就会被一种燕子看见，燕子的尖喙伸入它们软软的体内，衔出一种含胶的丝状物质，这种物质快干时即可筑入燕窝坚固的巢壁。由于上述生理特征，所以它们被称为‘腹足纲肺螺亚类软体动物’。

“这种软体动物呈椭圆形，个头大小不一，体长从

3英寸到18英寸不等，而我曾见过一些其体长不下2英尺。它们近乎于圆形的身体有一面稍稍扁平，也就是贴近海底的一面；它们的厚度通常从1英寸到8英寸。它们在每年一定的季节爬到浅水区，这也许是为了交配繁殖，因为我们常常发现它们成双成对。当阳光直射水面并使水温升高的时候，也正是它们接近海岸之时。它们经常进入太浅的水域，结果遇上退潮便被留在那里暴露在烈日之下。不过它们从不把幼崽带入浅水，因为我们从没在浅水中发现过它们的幼崽，却常见成熟的海参从深水中爬出。它们主要吃那类能造出珊瑚的植物形动物。

"海参通常是从三四英尺深的水下采集，然后把它们运上岸，用刀将其一端切开，切口以1英寸或稍长为宜，这视海参的大小而定。海参的内脏便从这个切口被挤出，其形与深水小动物的内脏大同小异。接着把参体洗净，放入锅中煮到一定程度，而这个程度必须掌握好火候。然后把它们置于土中埋4个小时，接着再稍稍煮一会儿，在此之后便让它们脱水，既可用火烘也可凭日晒。晒干的海参更值钱，但晒干一担（133.33磅）海参耗费的时间和人力可烘干30担海参。海参一旦按正确方法加工成干制品，便可在干燥之处存放2至3年而不变质。不过每隔几月就应开仓检查，比如说一年检查4次，看它们是否有受潮的可能。

“如前所述，中国人视海参为一种珍贵食品，认为它具有强身健体、补血安神之神奇作用，能使因纵欲而淘虚的身体恢复。上等海参在广州的售价极高，每担可卖90美元，二等货每担售价75美元，三等货每担50美元，四等每担30美元，五等20美元，六等12美元，七等8美元，八等4美元。不过小批量货在马尼拉、新加坡和巴达维亚[1]往往赢利更丰。”

协议一经达成，我们马上就把平整地基和搭建房屋所必需的工具材料搬上了岸。靠近海湾东岸的一大块平地被选中，那里树木和淡水都不少，离准备在那儿采集海参的主要礁丛也很近。这下我们都非常认真地开始干活儿，令岛上那些野蛮人惊讶不已的是，我们很快就伐倒了足够多的树木，并去枝剥皮把它们分别做成了柱梁檩椽。又过了两三天后，房屋的框架已成形，这时我们深信剩下的活儿已完全可以交给留下的3个人去做。那3个人是约翰·卡森、艾尔弗雷德·哈里斯和彼得森（我想他们全是伦敦人），他们全自愿留在岛上。

到当月最后一天，我们已做好了出发的一切准

1 即今雅加达。

备。可我们曾答应过要到村里进行一次正式的告别访问，并且太精酋长是那么固执地坚持要我们遵守诺言，所以我们认为，若拒绝告别访问将有把他惹怒的危险，而这显然不是明智之举。我相信当时我们中谁也不怀疑那些野蛮人的诚意。他们的举止行为始终都显得礼仪周全，他们帮我们干活时既快活又敏捷，他们频频地无偿送给我们各种食物，而且在任何情况下他们都不曾偷过我们一件物品，尽管我们船上的货物在他们眼里具有很高的价值，这从他们收到我们回赠的礼物时所表现出来的那种欣喜若狂中即可看出。他们的女人在各方面都显得尤为谦和有礼。总而言之，假若我们当时对一个待我们如此友好的民族抱有丝毫的怀疑之心，那我们说不定才是人类中最值得怀疑的种族。可时间很快就证明，这种表面上的淳厚仁道不过是他们精心策划的要消灭我们的计划之组成部分，我们过于尊重的那些岛民，原来是玷污了这颗星球的那些败类中最野蛮凶残、最阴险狡猾、最嗜血成性的败类。

我们上岸去村里告别访问是在2月1号。尽管正如刚才所说的，我们丝毫不抱有怀疑之心，但适当的小心谨慎也仍然没被忽略。6个人被留下来看守纵帆船，他们奉命在我们离船期间要一直待在甲板上，不许任何一个野蛮人以任何借口靠近。防攀网被拉起，大炮填装了双倍的榴霰弹，旋转小炮的滑膛霰弹也都上了膛。纵帆船锚链垂直着泊在离岸约 1 英里的海面，任何木筏子想从任何一个方向接近它都会被发现，并立即暴露在旋转小炮的火力之下。

除 6 人留在船上外，我们上岸的一共是 32 人。我们都全副武装，配备有滑膛枪、手枪和单刃剑，此外每人都有一把长长的水手刀，此刀多少有点像现在我们西部和南部地区普遍使用的鲍伊猎刀。100 名黑皮武士在岸边迎接我们，以便陪我们一道进村。但我们不无惊奇地注意到他们这次全都没带武器。当就此事问及太精酋长时，他只是回答说 Mattee non we pa pa si——意思是说兄弟相聚无须刀枪。我们在很大程度上信了他的话，并随他们一道上路。

我们经过了前文说过的那股泉水和那条小溪，进入了一条穿过皂石山脉通往山间那村落的狭窄山谷。此谷两边怪石嶙峋，谷间道路崎岖不平，我们上次去村里访问就走得非常吃力。山谷全长大概有 1 英里半或者 2 英里。它蜿蜒曲折地穿过山山岭岭（显然在很久以前它曾是一条水流湍急的山涧），最多走上 20 码就会有一个急转弯。我敢说整条山谷两边的山岭平均垂直高度有 70 或 80 英尺，而在某些地段山岭则高得惊人，它们几乎完全遮住了日光，使谷底显得朦胧昏暗。

谷底的宽度一般约有40英尺，偶尔遇狭窄之处仅容五六个人并肩而行。一句话，天底下再也找不到比那儿更理想的埋伏场所，因此一走进山谷，我们都情不自禁地留心自己的武器。现在来回想我们当时的愚蠢，最令人惊讶之处似乎就是我们居然敢那么彻底地受那些素不相识的野蛮人的控制，以至在进入山谷时的行进中竟让他们把我们前后夹在了中间。然而我们当时稀里糊涂就走成了那种队形，因为我们愚蠢地相信自己的力量，相信酋长和他的手下人都赤手空拳，相信我们的火器有充分的威力（其威力当时还不为那些土著人所知），而更重要的是，我们愚蠢地相信那些卑鄙之徒长时间伪装的虚情假意。他们中有五六个人走在队伍前面，仿佛是在为我们开路，因为他们招人眼目地忙着搬开路面上的大石头和垃圾。我们的人紧随其后。当时我们挨得很紧，只注意防止被他们分开。走在我们身后的是野蛮人的大队人马，他们保持着森严的纪律和端庄的礼仪。

德克·彼得斯、一名叫威尔逊·艾伦的船员和我一起走在我们自己人队伍的右边。我们一边走一边观看悬在我们头顶的峭壁的奇特纹理。质地松软的岩壁上有一条裂缝吸引了我们的注意力。那条裂缝的宽度可容一个人轻松地钻进，裂缝直着往山体内伸延了约

20英尺，然后便倾向左方。就我从谷底所能望见的深度来看，那条裂缝也许有六七十英尺高。裂缝中生长着一两丛矮小的灌木，灌木枝上结着一种像是榛子的坚果，这使我产生了一种好奇心，想去看个究竟，于是我快步冲进裂缝，一把揪下了五六个坚果，然后就匆匆后退。当一转过身来，我发现彼得斯和艾伦已跟着我进了裂缝。我请他们回去，因为裂缝中容不下两个人并肩通过，我还答应分给他们每人一两个坚果。于是他俩转身开始往外走。就在艾伦已接近出口之时，我突然感觉到一阵我从不曾经历过的震动，如果当时我还能意识到什么的话，那震动使我模模糊糊地意识到整个坚实的大地突然裂开，世界的末日正在来临。

第二十一章

我一回过神来就发现自己闷得难受。周围一团漆黑里，我正匍匐在松软的土中，土块还在从四面八方重重地落在我身上，很快就会有把我埋住的危险。惊于这可怕的发现，我拼命想爬起身，最后终于挣扎着站了起来。然后我一动不动地站着定了定神，竭力想弄清发生了什么事，我在什么地方。不一会儿我听见一声低低的呻吟就响在耳边，接着又听见彼得斯喘着粗气在唤我以上帝的名义帮帮他。我朝声音的方向踉跄了两步，随之就正好跌倒在我朋友的头和肩上，而我很快就发现松土已经把他埋了半截，他正拼命挣扎想要脱身。于是我使出全身的力气刨他周围的土，最后终于把他救了出来。

待我们惊魂初定，稍稍能进行推理，我俩马上就一致断定，由于某种自然震动或因自身重力的缘故，我们冒险钻进的这条裂缝岩壁突然坍塌，形成了洞穴，我们已被活埋了，将永远再也见不到天日。有很长一段时间，我俩都死心断念地把自己完全交给了痛苦与绝望，没有相似经历的人无论如何也想象不出那种痛苦和绝望是多么强烈。我深信，人类所经历的灾难中没有一种能比像我们那样被活埋更容易引起灵魂和肉体双重的极度痛苦。包裹在被活埋者周围的冥冥黑暗，肺部所承受的巨大压力，湿土那令人窒息的气味，再加上获救无望、必死无疑的可怕念头，这一切都足以使内心的惊惧令人难以忍受，无法想象。

最后彼得斯提出，我们应该尽力弄清灾难的实际程度，把幽禁我们的牢笼摸索一番。虽说几乎不可能，但他认为也许会找到逃命的出路。我急迫地抓住这线希望，挣扎着站起身来试图在松土中前进。我刚刚迈出一步就看到了一丝光线，这足以使我相信，我们无论如何不会马上被闷死。这下我们稍稍振作了精神，并互相鼓励切莫悲观。朝着有光亮的方向爬过一堆挡道的烂土之后，我们发现往前走不再那么困难，刚才令我们难受的胸闷也稍有减轻。不一会儿，我们已能够看清周围的物体，并发现我们已接近岩缝直道的尽头，岩缝从那儿拐向左方。又奋力往前走了几步，到了拐弯的地方，这时我们喜出望外地发现一条长长的小裂缝向上延伸，缝壁的坡度大约为45°，但有些地方特别陡峭。我们当时看不见裂缝的出口，但射入裂缝的大量日光使我们几乎不怀疑在其顶端，如果我们能设法爬到顶端的话，一定能发现通往地面的开阔通道。

这时我忽然记起从山谷进入岩缝时我们一共是3个人，我们的伙伴艾伦还不知下落，于是我们马上决定返回直道里找他。冒着头顶上的土层继续塌陷的危险，我们搜寻了好一阵，最后彼得斯大声对我说他摸到了艾伦的脚，但他的整个身子都被深深地埋在土中，没有可能把他救出。我很快就发现彼得斯说得一点不错，我们的那位伙伴已死去多时。于是我俩沉痛地让那具尸体留在原处，摸索着又回到了那个拐角。

小裂缝的宽度仅容我们的身体钻过，但在两次攀缘尝试均告失败之后，我俩再次陷入了绝望。我已经讲过，山谷穿过的那些山是由一种像皂石般的软性岩石构成。我们现在试图攀登的裂缝四壁也是同样的岩质，由于潮湿，缝壁特别滑溜，即便在坡度最平缓之处我们也难以站稳脚跟。而在一些陡峭得近乎于垂直的地方，当然就更难攀登，实际上我俩曾一度认为不可能从那儿爬上去。然而，我们在绝望中鼓起了勇气，凭着用水手刀在软质岩壁上挖出立足点，凭着冒生命危险攀住那些偶尔从岩壁伸出的硬质板岩的边角，最后我们终于到达了一个天然平台，平台连着一道树木繁茂的山沟，山沟尽头可见一小块蓝天。此时比较从容地回头看刚刚爬过的那条通道，我们从岩壁表面清楚地看出它是新近形成，由此我们断定，不管那场突如其来的震动是怎么回事，它在封死岩缝的同时又为我们开辟了这条生路。由于那番攀登已使我们筋疲力尽，实际上我俩当时已累得几乎站不稳身子，甚至不能连贯地说话，所以彼得斯建议我们应该用枪声召唤我们的同伴来援救。当时手枪还别在我们腰间，但滑膛枪和单刃剑都早已失落在裂口下面的松土之中。后来的情况证明如果我们开枪，那我们将后悔莫及。不过幸运的是，当时我心中隐隐约约地对那些野蛮人产生了怀疑，所以我们不打算让他们知道我们的行踪。

休息了一个小时左右，我们开始慢慢地朝山沟尽头爬去，没爬出多远就听见一阵阵可怕的喊叫声。最后我们终于爬到了也许可以被称为地面的地方。我这样说是因为，从平台开始，我们所爬过的路都在一个拱顶之下，拱顶由高悬的岩石和繁茂的枝叶构成。我们非常谨慎地偷偷爬近一个狭窄的豁口，从豁口望去周围的情况便尽收眼底，这一望顿时令我们恍然大悟，那场震动的可怕的秘密一下就被揭穿。

我们朝外观望的那个豁口离皂石群山之最高峰不

太远。豁口左方50英尺外就是那条山谷，我们的队伍从那里进山。可现在山谷中至少有100码长的通道或者说谷底已完全被人工掀下的泥石填满，那些乱石烂泥足有上百万吨。把那么多泥石掀进谷底的方法简单得一看便知，因为这场血腥的谋杀留下了明显的痕迹。沿山谷东壁谷顶（我们此时在西壁谷顶）可见好几根被打入土中的木桩。木桩所立之处的岩壁没有坍塌，但沿着整个已坍塌的峭壁表面可清楚地看到一排像是爆破手打炮眼所留下的痕迹，这表明那些地方也曾打入过我们现在所看见的那种木桩，木桩的间隔不超过1码，总长度也许有300英尺，均打在离谷顶边缘约10英尺处。残留在谷顶的木桩上还系有用葡萄藤编成的粗绳，显而易见，这种粗绳也曾系在其他的每一根木桩上。我已经讲过那些皂石山岩奇特的层理，正是这种层理造成了我们死里逃生的那条又窄又深的岩缝，而我对那岩缝的描述也许有助于读者进一步去想象那种岩层的性质。此岩几乎在任何自然震动下都会顺着其一层一层平行的纹理垂直裂开，人为造成的适当震动也足以造成同样的后果。那些野蛮人正是利用这种岩层达到了他们背信弃义的目的。毫无疑问，凭着那长长一排木桩，野蛮人掀下了大约两三英尺深的谷顶岩壁，他们当时只需按信号同时拉每一根粗绳（这些粗绳均系在木桩上端，并从峭壁边缘往后延伸），巨大的杠杆作用力便能把整个谷顶表层掀下山谷。我们那30名伙伴的命运现在已可想而知。只有我和彼得斯逃脱了那场毁灭性的灾难。我俩现在是岛上唯一两个活着的白人。

第二十二章

看来我们现在的处境并不比我们以为自己已被永远埋葬时的情况好多少。除了被野蛮人杀死或被俘去当牛做马之外，我看不到眼前有任何生路。我们当然也可以在僻静的山间躲藏一阵，必要时还可以退进我们刚刚爬出的那条岩缝，但那样我们要么是死于饥饿和极地漫长的寒冬，要么是在试图获取给养时最终被岛民发现。

我们周围似乎到处都是成群结队的野蛮人，这时我们看见，还有许多来自其他岛屿的野蛮人正乘着平底木筏驶向岛南的海湾，他们的目的无疑是去协助夺取并掳掠“简·盖伊号”。纵帆船此时仍静静地停泊在海湾内，船上的人显然并没有意识到危险正在临近。当时我们是多想能与他们在一起！不管是帮着他们一同逃命，还是与他们肩并肩血战到底。可我们甚至连给他们发出警报的机会也没有。因为我们一旦弄出声响，便会立即招来杀身之祸，而且发出的警告未必对他们有好处。用手枪开火也许足以使他们意识到岛上出了事，却不可能告诉他们眼下他们唯一的活路就是立即把船驶出海湾。枪声不可能让他们明白此时他们已不受任何信誉原则的束缚，不可能让他们知道他们的伙伴已全部丧生。他们即便听到枪声，也不可能为抵抗正要向他们发起进攻的敌人做更充分的准备，因为他们早已准备好，而且时刻准备着。所以开枪报信只会有百害而无一利，经过这番深思熟虑，我们终于忍住了没有开枪。

接下来我们又考虑冲到海滩，夺下停靠在海湾尽头的那 4 只筏子中的一只，并竭力杀开一条血路回到船上。但我们很快就清楚地意识到，这种孤注一掷的冒险压根儿没有成功的可能。正如我刚才所说，此时岛上的野蛮人简直触目皆是，他们正藏在灌木丛中和山的背后，以免被纵帆船上的人看见。尤其是由太精酋长亲自率领的全部黑皮武士就潜伏在我们附近，正好堵在我们去停木筏子之处的必经之路上，显然是等某批援军一到，他就会向“简·盖伊号”发起进攻。再说停在海湾尽头的那 4 只木筏子上也有野蛮人，诚然他们手中没拿武器，可毫无疑问武器就放在他们身边。因此不管我们心里有多不愿意，可我们只能躲在藏身之处，偷偷地观看随即发生的那场血战。

大约半小时之后，我们看见六七十只满载着野蛮人的木筏，或者说平底船，和许多装有桨架的独木舟绕道向泊船的南湾驶来。除了手中的短棒和船底的石块，他们看上去没带别的武器。紧接着一支更庞大的船队又从相反的一个方向朝纵帆船靠近，船上的野蛮人也是同样的装备。与此同时那4只木筏子也挤满了从岸上灌木丛中跃出的土著人，并飞快地离岸加入了进攻的行列。这样，真是说时迟，那时快，就像变戏法似的，“简·盖伊号”眨眼工夫就被蜂拥而至的岛民团团围住，那些亡命之徒显然是要不惜任何代价夺取那艘船。

他们肯定会成功，这一点毋庸置疑。我们留在船上的6个人无论多么坚决地抵抗，也顾不过来操纵那么多门火炮，或者说无论如何也没法坚持如此众寡悬殊的一场战斗。我简直不能想象他们真的会进行抵抗。但这一点我完全想错了，因为我很快就看见他们全力以赴，把右舷的舷侧炮瞄准了那些木筏子，当时木筏子已近得可以用手枪射击，那些平底船则在上风面差不多四分之一英里以外。由于某种不清楚的原因，不过很可能是因为我们那些可怜的朋友眼见形势险恶而过分紧张，右舷炮的轰击完全没有奏效。没有一只木筏子被击中，也没有一个野蛮人被炸伤，炮弹全都从他们头顶上飞过。唯一的效果就是突如其来的巨响和浓烟把他们吓了一大跳。他们一时间显得那么惊恐万状，以至我差点儿以为他们会放弃进攻的企图并撤回到岸上。假若我们的人继续用右舷的小炮开火，那他们说不定真能打退这次进攻，因为当时木筏子离纵帆船近在咫尺，小炮的轰击不可能不显示出威力，至少也可以吓得木筏子上的人不敢继续靠近，这样他们就能够从容地用左舷大炮向那些平底船开火。可他们没有用小炮进一步轰击就匆匆跑向了左舷，这就给了木筏子上的家伙们喘息的机会，他们从惊恐中回过神来，你看看我，我看看你，结果发现并没有人受到伤害。

左舷大炮的轰击可谓大显神威。加倍的榴霰弹把七八只平底船炸成了碎片，大约有三四十个野蛮人当场丧命，至少有上百人受伤落水，其中大部分伤势严重。剩下的也全都吓得魂飞魄散，顿时掉转船头仓皇逃命，甚至不顾那些正在水中拼命挣扎、哭爹喊娘的同伙。然而这巨大的胜利来得太迟，已不能拯救我们那几位忠诚的伙伴。木筏子上的家伙爬上纵帆船的已有 150 人之多，其中大部分甚至在左舷大炮点火之前就已经攀上了锚链并越过了防攀网。这下再也没有什么能阻止这些野蛮人之野蛮。我们的人马上就被击倒、被践踏，并在顷刻之间被完全撕成了碎片。

看到这种情况，平底船上的野蛮人也不再害怕，并纷纷拥回来参加抢劫。“简·盖伊号”在5分钟内就完全被糟蹋得不成模样。甲板被劈砍得千疮百孔；索具、帆篷以及甲板上每一件可移动之物均不可思议地被全部捣毁；与此同时，凭着4只木筏子前拽后推，加上数以千计的野蛮人跳进水中围住大船一起使劲儿，他们终于把纵帆船弄上了岸（锚链早已被解脱），并把它交给了太精酋长的人，这位酋长在战斗期间就像一名高贵的将军，一直躲在山上安全的地方观战，不过现在胜利已经如愿以偿地到手，他也就不再摆架子，而是带着他那队黑皮武士下山参加战利品的分配。

太精酋长的下山使我们终于能走出藏身之地，到岩缝口周围察看那座山的情况。我们在离岩缝口50码之处发现了一股细细的泉水，并马上消解了当时已令我们难以忍受的干渴。在离泉水不远的地方，我们又发现了几丛我前面提到过的那种形似榛子的灌木。尝了尝枝上的果实，我们觉得可食，其味道与普通的英国榛子差不多。我们马上摘了满满的两帽子，将其送回岩缝口又返回再摘。就在我们忙着采摘野果时，灌木丛中的一阵沙沙声引起了我们的警觉，我们正想偷偷溜回藏身之处，这时只见一只像是野鸡的黑色大鸟扑腾着缓慢地窜到了灌木丛上方。我当时惊得不知所措，可镇静得多的彼得斯纵身扑了过去，不待它逃走就一把抓住了它的脖子。它拼命挣扎，尖声啼叫，以至于我们差点儿想把它放走，以免其叫声惊动了也许还潜伏在附近的野蛮人。但最后我们用水手刀使它停止了挣扎，然后把它拖进了山沟，这时我们为自己感到庆幸，因为不管怎么说，我们总算弄到了足够吃一个星期的食物。

接着我们又出去四下搜寻，并冒险顺着南坡往山下走了相当长一段距离，但再也没找到别的可食之物。看见一两队土著人正扛着从船上抢来的东西往村里走，我们担心他们经过那座山下时会发现我们，于是匆匆拾了些干柴就返回了岩缝口。

我们下一步所关心的就是让我们的藏身之处尽可能隐蔽，为此我们弄来一些树枝遮住了我前面说过的那个豁口，就是我们从岩缝深处爬上平台时，从中望见一方蓝天的那道山沟尽头。

我们只留了一个小孔，大小足以让我们望见海湾，但又没有被山下人发现的危险。做完这件事后，我们为藏身之处的安全而感到庆幸，因为只要我们待在沟里不冒险到山坡表面，我们就绝无暴露之虞。在我们待的这条连着岩缝的沟里，我们没发现野蛮人来过的任何痕迹，但当我们想到我们爬进这山沟的那条岩缝很可能仅仅是由于山体震动而刚刚形成，想到很可能再没有别的途径与这道深沟相连，无暴露之虞就不再令我们那么欢欣鼓舞，因为我们担心也许压根儿就找不到下山的途径。我们决定一有机会就把我们所在的山顶彻底勘察一番。与此同时，我们通过那个瞭望孔继续观察野蛮人的动静。

此时他们已彻底破坏了那艘纵帆船，并正在准备将它付之一炬。不久我们就看到大股的浓烟从主舱口升起，随之，一大团火焰从前舱窜出。索具、桅杆和残存的帆篷立即着火，大火很快就蔓延到整个甲板。可仍有许多野蛮人继续围在船边，用石块、斧子和炮弹敲打着船体上的螺钉和其他铜铁部件。当时除了一些带着战利品回村或回附近岛屿的家伙之外，纵帆船周围的海滩上、筏子上和平底船上至少还有数以万计的野蛮人。这下我们预见到他们将大祸临头，而结果果然不出所料。首先来的是一阵猛烈的震动（我们在藏身之处也觉得好像遭到了轻微的电击），但并未伴随着任何可见的爆炸迹象。那些野蛮人显然都惊呆了，一时间停止了敲打和呐喊。正当他们要重新开始喧嚣鼓噪之时，甲板上突然腾起一大团浓烟，看上去就像一团黑压压的雷云。接着，好像是从船头，赫然蹿起一根高达四分之一英里的熊熊火柱，火柱随即就猛地向四方扩散，仿佛变魔术似的，天上顷刻之间就飞满了木头金属的碎片和人体的残肢断臂。最后来的是那阵最猛烈的震动，震得连我们都站不稳脚跟，同时山山岭岭都回荡起那声惊天动地的巨响，残渣碎片像雨点似的溅落在我们周围。

这次爆炸的威力远远超出了我们的预料，那些野蛮人这下是真正尝到了他们背信弃义的恶果。也许有1000人被当场炸死，至少有同样多的家伙被炸得血肉模糊，缺胳膊少腿。整个海湾里都浮满了或拼命挣扎或奄奄待毙的恶棍，而岸上的情况甚至更惨不忍睹。这场突如其来且彻底的惨败似乎吓得他们魂不附体，他们谁也没采取行动去救助自己的伙伴。最后，我们看到他们的行为发生了一种巨变。他们似乎同时从绝对的呆滞中清醒过来，进入了一种异常兴奋的状态，疯狂地围着海滩上一块地方冲来闯去，脸上露出一种交织着恐惧、愤怒和极度好奇的神情，并一齐声嘶力竭地呐喊："特克力—力！特克力—力！"不久我们看见一群人跑进山里，随即他们又扛着许多木桩回到海滩。他们把木桩扛到人群最密集的地方，人群纷纷闪开为他们让路，这下我们看到了令他们兴奋的那个物体。开始我们只看见地上有一团白乎乎的东西，却未能马上认出那是何物。最后我们终于看清，原来那是纵帆船于1月18日从海中捞起的那具红牙红爪的怪兽尸体。盖伊船长曾把这具尸体保存起来，打算把它剥制成标本带回英国。我记得就在我们到达这座岛屿之前，他曾对此事做过一些吩咐，随后怪兽就被搬进舱内，放在了一个贮藏柜里。刚才那场爆炸把怪兽抛上了海滩，可我们弄不明白它为何在野蛮人中造成了那么大的影响。尽管他们黑压压一片离那具兽尸并不太远，但看上去谁也不愿意离它太近。那些搬来木桩的家伙不一会儿就把木桩打进土中，将那头怪兽团团围住，而当这道木围栏刚一建成，所有的野蛮人就像潮水一般向岛心腹地拥去，一边跑一边叫喊："特克力—力！特克力—力！"

第二十三章

随后的六七天里，我们一直待在山上那个藏身之地，只是偶尔小心翼翼地出去弄水和摘榛果。我们在那个平台上搭起了一个棚子，棚内铺了一层干树叶，并支起了 3 块扁平的石头，石头既充火炉又当桌子。凭着摩擦一软一硬两块木头，我们很容易就生了一堆火。被我们如此及时地捕获的那只鸟虽说嚼起来有点费劲，但味道挺不错。它不是一种海鸟，而是一种野鸡，其羽毛的颜色灰黑相间，其翅膀与身子相比显得很小。我们后来在山沟附近又看见过三四只那样的野鸡，它们显然是来寻找被我们捕获的这只。但由于它们均未着地，所以我们没有机会捉住它们。

有鸟肉吃的那些天我们没遭什么罪，可现在鸟肉已被吃光，寻找新的食物成为绝对之必要。榛果填不饱我们的饥肠，而且害得我们肚子痛，如果吃得太多还引起剧烈的头痛。我们已发现山下东边靠近海湾的地方有几只很大的龟，而且我们还看出，只要我们不被土著人发现，那几只龟也许很容易被我们捕获。于是我们决定设法下山。

我们首先从南坡开始,因为它似乎最为平缓,但（正如我们曾根据山形所预料的那样）我们往下还没走上100码就被一条幽峡挡住了去路，这条幽峡是埋藏了我们那些伙伴的那条山谷的分支。我们沿着幽峡边缘绕行了约四分之一英里，一道陡峭的深壑又横在了我们脚下，深壑之边缘不容行走，我们只好退回我们藏身的那条山沟。

接着我们又往东边探路，但结果与南边一模一样。冒着摔断脖子的危险爬了一个小时之后，我们发现不过是下到了一个黑色花岗岩深谷内，谷底有一层细细的粉末，深谷唯一的出口就是我们下去时所经过的那条崎岖通道。沿这条通道艰难地爬出深谷，我们又开始勘察山的北面。在这一面我们必须得尽可能地小心，因为稍有疏忽我们就会暴露在村里野蛮人的眼中。所以我们手膝着地慢慢爬行，甚至偶尔还伸直四肢趴在地上，凭抓住灌木枝拖动身体前进。我们以这种谨慎的方式没爬多远，又被一条裂缝挡住了去路，这条裂缝比我们已见过的几条都更深，它直接通往那条大山谷。这样，我们的担心被充分证实，我们发现压根儿就没有下山的道路。这番勘察使我们筋疲力尽，我们尽快地返回平台，倒在干树叶铺成的床上美美地睡了一觉。

寻路失败之后，我们又花了几天时间搜遍了山顶的每一个角落，希望能探明它蕴藏的实际资源。我们发现，除了那种对身体有害的榛果和一种气味难闻的辣根草外，山上再也找不到什么可食之物，而且辣根草只生长在十二三码见方的一小块土上，要不了多久就会被吃光。根据我的记忆，到 2 月 15 日[1]那天辣根草已寸草不剩，那种坚果也所剩无几，所以我们的处境已糟得不能再糟。16 日那天我们又绕着山顶搜寻，希望能找到一条逃生之路，但终归徒然。我们还重新爬下那条使我们得以攀上平台的岩缝，怀着侥幸之心想在这条通道中找到通往大山谷的出口。这番努力结果也是枉费心机，尽管我们找到并带回了一支滑膛枪。

17 日，我们又出发去我们第一次寻路时到过的那个黑色花岗岩深谷，决心对其再进行一次更为彻底的勘察。我们记得谷壁上有一道岩缝我们上次只钻了一半，这次我们急切地想一钻到底，虽说我们并不抱有

1　我之所以能记住那天，是因为我们在当天看见南方地平线上出现过几大圈我前面说过的那种灰蒙蒙的雾气。——原注

在那儿找到出口的希望。

和上次一样，我们没费多大劲儿就到了谷底，这次我们足够从容地进行仔细观察。那看上去的确是一个可想象的最奇妙的地方，我们简直不敢相信它完全是大自然的造化。如果踏遍弯弯曲曲的谷底，那这条深谷从东端到西头约有 500 码长，可它由东到西的直线长度不过 40 码或 50 码（这当然是我的估计，因为当时没有精确测量）。刚往下走时，也就是说从山顶往下走 100 英尺，深谷两边的峭壁看上去迥然不同，而且显然从不曾互相连接，一边峭壁之表面是皂石岩，另一边则是表面有一些金属质粒状物的泥灰岩。此处两壁间的平均宽度，或者说间距，大概有 60 英尺，但形状构造并无规律。可越过这一界线继续往下，深谷陡然变得狭窄，两边峭壁也开始平行，尽管在一段距离内，峭壁之岩质和形状仍不相同。当进入离谷底 50 英尺的范围内，便开始了一种完美的规则匀称。此时两壁的岩质、色泽和走向都完全一致，其岩质是一种乌黑发亮的花岗岩，其间距保持着始终如一的 20 码宽。这个深谷的准确形状可凭当时画的这幅平面图一目了然，因为我的笔记本和铅笔那时还侥幸留在身边，在随后的一系列冒险中我也小心翼翼地保存着它们，而正是多亏了它们，我才得以记住许多不然就可能被挤出记忆的细节。

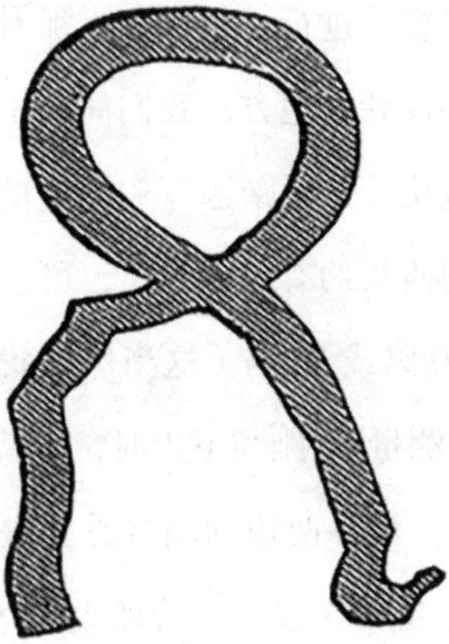

图 1

此图（见图 1）除了没画出岩壁上的小洞之外，基本上展示了那个深谷的大致轮廓，岩壁上有好几个小小的洞穴，每个洞穴对面的岩壁上都有一块相应的突出部。深谷谷底覆盖着一层细得不能再细的粉末，大约有三四英寸厚，我们发现粉末下面是与峭壁相连的黑色花岗岩。读者也许会注意到平面图右方底端有一截形似出口的支道，这就是上文所说的那道岩缝，我们二进深谷之目的就是要对这道岩缝进行一番更仔细的勘察。当时我们砍掉了堵在岩缝里的许多荆棘，并搬开了一大堆形如箭镞的棱角锋利的燧石，精神抖搂地钻进了狭窄的岩缝。虽有荆棘燧石挡道，但岩缝远端的一线光亮激发了我们不屈不挠的勇气。我们终于往前挤了约 30 英尺，并发现那岩缝原来是一个低矮且形状规则的拱洞，洞底与谷底一样也覆盖着一层细细的粉末。这时前边出现了一道强光，转过一个急弯，我们发现自己进入了另一条峭壁高耸的深谷，除了纵向轮廓不同之外，此谷外观在各个方面都与我们刚离开的那一条完全一样。其大致轮廓如图（见图 2）。

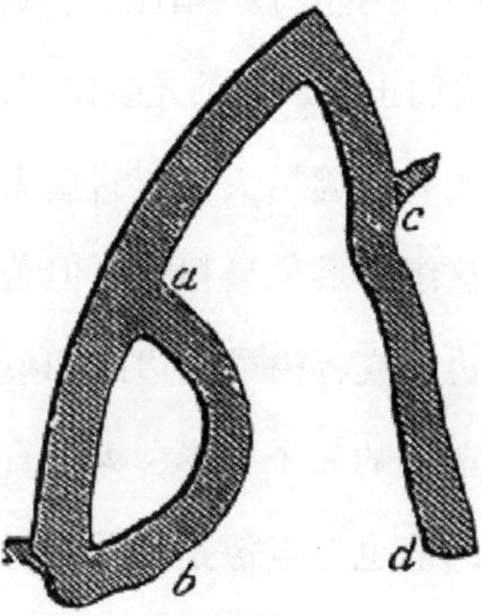

图 2

从 a 点绕过弯道 b 到终点 d，这个深谷全长为 550 码。我们在 c 点发现一条狭窄的岩缝，其形如同我们从第一个深谷钻过来时所经的那个拱洞。洞内也同样堵满了荆棘和大量白色的箭镞形燧石。我们奋力挤过该洞，发现它大约有 40 英尺长，另一端连着第三个深谷。同样除了纵向轮廓有异，此谷外观在各方面也都像第一个深谷。其形如下（见图 3）。

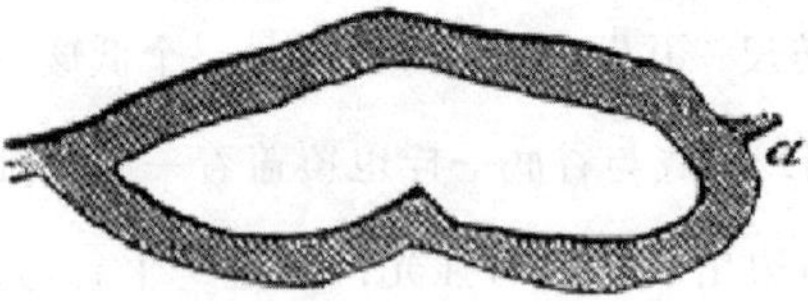

图 3

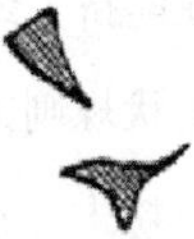

图 5

我们发现第三个深谷的总长度为 320 码。在 a 点有一条约 6 英尺宽的岩缝。如我们所料，此缝往岩壁内延伸了 15 英尺便中止于一堵泥灰岩壁，前面再也没有任何裂缝。我们正要从这条光线微弱的岩缝中退出，这时彼得斯叫我看岩缝尽头泥灰岩壁表面上一组形状奇怪的凹痕。这组凹痕虽显粗糙，但若稍稍发挥一点想象力，那左边，或者说最北边的凹痕也许就可以被想象成是有意凿成的一个人形，人形直立并向前伸着手臂。其余的凹痕也有点像是一些字母符号，而彼得斯则无论如何也情愿无根据地认为它们的确就是所想象的文字图形。可我最后终于让他承认了自己的错误，我叫他注意岩缝的地面，并和他一道从粉末中一块一块地拾起了几大块显然是从岩壁表面震落下来的碎片，这些碎片的凸角正好与那些凹痕吻合，因此证明了它们的剥落纯属天工而非人为。图 4 便是那组凹痕的准确临摹。

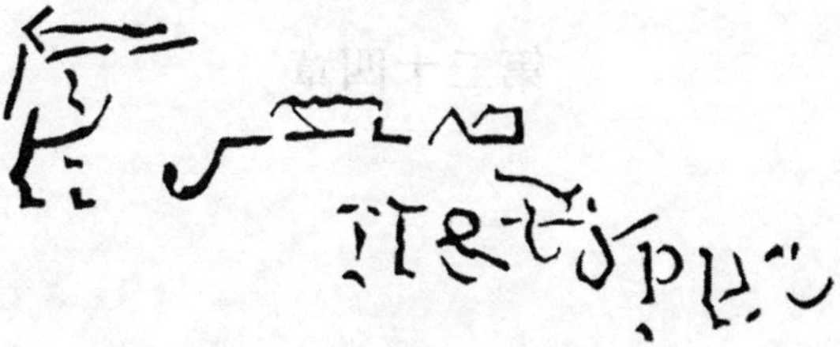

图 4

在确信那些奇怪的洞穴不可能为我们提供逃生之路后，我们垂头丧气地爬回到山顶。在其后 24 小时内没发生什么值得一提的事，只是我们在第 3 个深谷的谷顶之东曾发现两个三角形的深坑，坑壁也是黑色花岗岩。我们认为不值得下那两个深坑，因为它们看上去不过是两口天然深井，下边不会有出路。两坑的周长均为 20 码左右，它们的形状和与第 3 个深谷的相邻位置如图 5 所示。

第二十四章

当月 20 日，我们发现仅凭给我们带来极大痛苦的榛果再也不可能继续支撑，于是决定铤而走险，从南坡下山。虽说整个南坡（从顶到底至少有 150 英尺）陡峭得近乎于垂直，而且有多处甚至向山壁凹进，但峭壁的表面是那种软质皂石岩。经过久久的探查，我们发现一狭窄的壁架突露在绝壁边缘之下约 20 英尺处。凭着用我们的手巾连接成的一条绳，彼得斯在我尽力帮助下跳到了壁架上。我下得比彼得斯艰难，但也到了壁架。这下我们看出，可以用山体坍塌把我们埋住时我们从岩缝中爬出的方法爬下那道绝壁，就是说用水手刀在皂石岩壁上挖出下山的台阶。这样做所冒的危险简直难以想象，但既然已经无路可走，我们只能下定决心孤注一掷。

我们立足的那个壁架上生长着一些灌木，我们把手巾绳的一端牢牢地系在了一株灌木上。绳子的另一端被系在彼得斯腰间之后，我把他慢慢放下悬崖，直到手巾绳完全拉紧。接着他开始在峭壁上凿洞（深达八九英寸），并把洞上方1英尺左右高的泥灰岩壁斜着削掉，以便他能用手枪柄在平面上垂直钉进一颗还算结实的木钉。然后我把他往上拉了约4英尺，他在那里又凿了一个同样的洞，钉入了一颗同样的钉，这样手和脚都有了攀附之处。这时我从灌木上解开手巾绳并把绳端丢给他，他把绳端系在上面一根木钉上后，慢慢地滑到了比他先前的位置还低约3英尺的地方，也就是手巾绳的长度容许他到达的极限。他在那儿又挖了一个洞，又钉了一颗钉。然后他自己拉着绳子往上爬了一截，把脚踏在了新挖成的洞里，手则攀住了上面一个洞里的木钉。现在必须解开拴在最上面那根木钉上的手巾绳，以便将其系在第二根木钉上。这时他发现自己犯了一个错误，让洞与洞之间的距离相隔太远。不过，在进行了两次危险的尝试而手仍然够不着绳结之后（他用左手抓住木钉，右手则试图解开绳结），他终于在离绳结6英寸处砍断了手巾绳。接着他把绳端系于第二颗木钉，然后降到了第三洞之下，这次他注意到了适当的距离。凭着这种方法（我自己绝对想不到这种方法，这全亏彼得斯的聪明和刚毅），加之偶尔借助于峭壁上的突出部分，我的伙伴终于成功并安全地下了那道绝壁。

我犹豫了好一阵也鼓不起跟着他下去的勇气，不过我终于还是下定了冒险一试的决心。彼得斯下去之前留下了他的衬衫，再加上我自己的衬衫便制成了这番冒险所必不可少的绳子。我先把从岩缝中找回的那支滑膛枪丢下山崖，然后把亚麻布接成的绳子系在灌木枝上，接着便快手快脚地开始下山，我试图以迅速有力的动作来驱除我没法用其他方式驱除的恐惧。下最初四五个台阶时这种方式还很奏效，可没过多久我就发现自己老是忍不住去想象身下的峭壁还有多高，承受我身体重量的木钉和泥灰岩是多么不牢靠，于是恐慌便油然而生。我竭力想驱散这些念头，想让自己的眼睛死死地盯住面前的峭壁表面，结果却是徒劳。我越是拼命地不去想象，那些念头就越是清晰鲜明得令人恐怖。最后，我终于陷入了那种幻觉危象，这是在所有同类情况下最可怕的一种状态。在这种状态中，我们开始去预想自己即将坠入深渊时的感觉，开始去想象那种恶心、晕眩、临死的挣扎、半昏迷状态，以及最后头朝下急速坠落的痛苦。当时我觉得这些幻觉都具有真实性，所有想象中的恐怖也全都实实在在。我感到自己的两只膝盖在猛烈地碰撞，我抓住木钉的手也在慢慢地却无疑地放松。我感到一阵耳鸣。我心想："这就是我的丧钟！"我再也压抑不住想朝下看的欲望。我不能也不愿把我的目光限制在峭壁表面，怀着一种半是恐惧、半是解脱的疯狂而模糊的感情，我终于低头朝脚下的深渊望去。我抓住木钉的手指顿时一阵痉挛，随之脑子里就朦朦胧胧地闪过逃生无望的念头，接着我的整个心灵都充满了一种想坠落的欲望。那是一种憧憬、一种渴慕、一种无法控制的神往。我马上松开了抓住木钉的手，从悬崖上半转过身子，贴着赤裸的岩壁摇晃了片刻。可此时我感到一阵头昏眼花，一个尖厉而虚幻的声音骤然响起在我耳边，一个可怕而朦胧的身影蓦然出现在我下面，我舒了口气，怀着一种急切的心情倒下，一头扑进了那个身影的怀抱。

我昏了过去，而当我倒下时是彼得斯抓住了我。他一直站在悬崖下面注视着我的一举一动，看见我岌岌可危时，他曾用他所能想到的话竭力要鼓起我的勇气，可我当时神志迷乱，完全没听清他对我说些什么，或者说压根儿没意识到他在对我说话。最后他见我摇摇欲坠，便飞快地爬上峭壁前来救我，并刚好赶上把我抓住。要是当时我全身重量往下一坠，那根亚麻布绳子肯定会被拉断，而我则不可避免地会坠下深渊。可事实上他设法减缓了我的下坠，结果让我安然无恙地悬在了空中，直到我苏醒过来。从昏迷到苏醒大约经历了 15 分钟。醒来时我的恐慌已完全消失，我感觉到了一股新的活力，稍稍借助于我朋友进一步的帮助，我终于也平安地到达了山脚。这时我们发现自己离埋葬了我们那些朋友的山谷并不太远，就在山体坍塌之处的南边。这是一条格外荒僻的幽峡，其凄凉的景象令我想起旅行者们所描述的沦亡的巴比伦遗址那番凄迷苍凉。且不说乱七八糟地堵在幽峡北端的被掀裂的残崖断壁，单是我们周围的地面上就到处都耸立着形如荒冢古墓的土丘石堆。它们仿佛是一些巨大建筑的废墟，尽管细观丝毫也看不出人工造就的痕迹。火山熔岩可谓满坑满谷，还有大块大块奇形怪状的黑色花岗岩，一些泥灰岩[1]也错落其间，两种岩石的表面都有金属质的颗粒。举目望去整条荒峡不见一草一木，只见岩丛间有几只巨大的蝎子，还有各种在其他高纬度地区看不到的爬行动物。

由于获取食物是我们的当务之急，我们决定去不足半英里之遥的那片海滩，去捕获我们曾从山顶藏身之处看见过的那几只龟。我们在高耸的巉岩荒丘之间朝前行进了几百码，当我们转过一个岩角之时，5 个野

1　泥灰岩也是黑色，其实我们在该岛没见过任何浅色物质。——原注

蛮人突然从一个小洞穴里跃出，一棍子就把彼得斯击倒在地上。看见彼得斯倒下，那5个家伙全都扑上去想把他捆住，这便给了我足够的时间从惊吓中恢复镇静。我还带着那支滑膛枪，但其枪管已在我把枪扔下山崖时被严重损坏，于是我把它丢到一边，因为我更信赖我一直留心保管好的两把手枪。我拔出枪冲向敌人，两把枪接连开火。两个野蛮人应声倒下，一个正要用矛刺彼得斯的家伙也停住矛头惊跳起来。我的伙伴一旦脱身，我们对付那几个家伙就不再有困难。他也有手枪，可他非常精明地未加使用，因为他相信自己那股据我所知无与伦比的力量。他从倒下的一个野蛮人手中抓起一根木棍，转眼之间就一棍一个把剩下的3个家伙打得脑浆迸裂,使我们彻底赢得了那场战斗。

这一切发生得实在太突然，以至我们几乎不敢相信其真实性。我们正站在那几具尸体旁边呆看，这时远处传来的呐喊声使我们猛然回过神来。显而易见，是枪声惊动了野蛮人，我们不被发现的可能性这下已微乎其微。若要再攀上悬崖，那我们必须迎着传来呐喊声的方向跑。而即使我们抢先到达山脚，我们也不可能在被他们看见之前就爬上山顶。我们当时的处境真是危在旦夕。而正当我们在犹豫选择哪条逃生之路时，一个我以为已被手枪打死的野蛮人从地上一跃而起，撒腿就跑。不过他没跑几步就被我们追上。我正要把他杀掉，这时彼得斯建议说，若是强迫他陪我们一起逃，我们也许会从中得到好处。于是我们让他跟在我们身边，并让他明白如果他想反抗就会被手枪打死。不一会儿他就完全顺从了我们，并陪着我们穿过乱石冲向海边。

到这时为止，除了偶尔瞥见一眼海水，大海一直被起伏不平的山地遮住，而当整个大海完全展露在我们眼前之时，它离我们也许只有 200 码之遥。我们一进入开阔的海滩就惊恐地发现，从村里拥来的野蛮人正成群结队从四面八方向我们逼近，他们都显得气势汹汹，像野兽一样狂吼乱嚎。我们正想转身退回更崎岖荒凉的山地，这时我忽然发现从一块伸入海中的巨石后面露出两只木筏子的船头。这下我们拼命地冲到木筏子跟前，发现它们既无人看守也没有装货，筏子里只有三只加利帕戈巨龟和通常为 60 名划手备下的桨。我们马上占有了其中一只，强迫我们的俘虏上了筏子之后，我们便使出全身力气一齐往海上划。

我们刚划出 50 码远就基本上镇定下来，从而意识到我们犯了一个巨大的错误，竟然把另一只木筏子留给了那些野蛮人，此时他们离水边已只有 100 码之遥，而且一个个正快步如飞。现在已到了刻不容缓的紧要关头。我们要改正错误的希望充其量也只是一种侥幸，但我们没有别的选择。即便我们竭尽全力往回划也很难说能抢在野蛮人之前夺下那只木筏子，但我们毕竟有一线成功的希望。假若我们成功，那我们就有可能死里逃生；而如果我们放弃努力，那就等于伸着脖子等野蛮人来宰割。

那种木筏子的两头是同样的造形，要回到岸边我们无须掉头，而只需改变划桨的方向。一见我们往回划，岸上的野蛮人叫得更响，跑得更快，他们以惊人的速度冲向水边。但我们使出全身力气拼命划桨，终于与冲在最前面的一个野蛮人同时赶到。这家伙为他的敏捷付出了昂贵的代价，因为他刚一扑到水边就被彼得斯一枪打穿了脑袋。当我们抓住那只木筏子时，紧跟其后的一伙野蛮人离水边已只有二三十步。我们开始力图把那只木筏子拖进野蛮人够不着的深水，却发现它因搁浅而纹丝不动。在这间不容发的紧迫关头，彼得斯抡起滑膛枪两下猛砸，成功地砸下了一截船头和一大块舷侧板。然后我们迅速划离岸边。此时两个野蛮人已抓住了我们的木筏子，并且顽固地死不松手。我不得不用刀结果了他俩。这下我们终于摆脱了追击，往海上划出了一大段距离。此时大批野蛮人追到了海边，气急败坏地站在岸上发出惊天动地的号叫。从我目睹的每一件事来看，这些野蛮人的确是地球表面上最邪恶、最虚伪、最歹毒、最凶残、最像魔鬼的一个种族。毫无疑问，我们当时若落到他们手中，肯定就只有死路一条。他们曾疯狂地企图乘那只破筏子来追赶我们，结果发现那只筏子已不能使用，于是他们又发出一阵可怕的怒吼狂号，并一窝蜂往山间冲去。

我们暂时逃脱了眼前的危险，但情势仍然不容乐观。我们知道那些野蛮人拥有 4 只同样的木筏子，并不知道其中两只已在“简·盖伊号”爆炸时被炸成了碎片（我们后来才从俘虏口中得知这一事实）。所以我们以为，一旦那些野蛮人绕到约 3 英里外的通常停船的那个海湾，他们又会很快地追上来。这一担心使我们拼命要尽可能远离那座海岛，我们强迫那名俘虏和我们一道挥桨，木筏子飞快地划过水面。大约半小时后，当我们已向南划出了约五六英里之时，我们看见许多平底船驶出了那个海湾，显然是想来追赶我们。但没多久他们就发现已望尘莫及，只好悻悻然掉转了船头。

第二十五章

此时我们发现自己在南纬 84°线以南，在苍茫而凄迷的南极洋面上，在一只并不结实的木筏子里，除了三只龟没有别的给养。极地漫长的冬天也不能被认为还很遥远，我们必须认真考虑该去向何方。海面上可见六七座属于同一群岛的岛屿，岛与岛之间相距约十余海里,但这些岛我们都不敢冒险靠近。在乘“简·盖伊号”南下的航行中，我们已经把最危险的浮冰区统统留在了身后，不管这一点与世人普遍接受的关于南极地区的概念是多么不一致，但它是我们的亲身经历不允许我们否认的一个事实。所以，试图掉头北上是一种愚蠢的行为，尤其是在这么晚的季节。看来只有一条路还有可通行的希望。我们决定勇敢地向南行进，至少在南边有可能发现别的岛屿，而且很有可能遇上更温和的气候。

到那时为止，我们发现南极海域和北冰洋一样，非常奇怪地没有狂风巨浪。不过我们的木筏子虽说很大，但无论如何也经不起风吹浪打，于是我们开始忙碌，力图以我们所能采用的有限的手段尽量加固船身。构成木筏子主体部分的不过是一种树皮，一种陌生的树的树皮，其肋材用的是一种坚韧的柳木，这种柳木做肋材倒正好适合。木筏子长约 50 英尺，宽 4 至 6 英尺，舷侧从头到尾都是 4 英尺半高，所以这种木筏子与文明人所知的南半球海洋其他居民使用的船只在形状上都截然不同。我们一点儿不相信这种木筏子是由拥有它们的那些愚昧的岛民所建造，几天后询问俘虏时方得知，它们实际上是偶然落入那些野蛮人手中，其建造者是另一个岛屿上的土著人，该岛屿位于我们发现木筏子的那个群岛之西南方。我们能为加固船体所做的工作其实很少。木筏子两头都发现几道宽裂缝，我们设法撕羊毛衫将其堵住。筏子里有许多多余的长桨，我们以此为材料在船头做成了一个框架，用以撞碎任何有可能打入筏子内的浪头。我们还竖起两柄桨作为桅杆，两桨相对而立，分别插在两边舷侧，这样做不必再用帆桁。然后我们在桅杆上挂起了一块用衬衫拼成的帆。做帆稍稍费了点力，因为尽管我们那位俘虏甘愿为我们做任何其他的事，可就是不肯帮我们做帆。

看见亚麻布似乎对他产生了一种非常奇特的影响。他无论如何也不肯摸一摸或者靠近我们的衬衫，当我们试图强迫他时，他吓得浑身发抖，并不住地尖叫“特克力—力！”。

完成了我们的加固工作之后，我们暂时往东南偏南方向航行，为的是避开那个群岛最南端的岛屿。达到这一目的之后，我们便朝着正南方向前进。天气绝不能说是不合人意。稳定而柔和的风一直从北边吹来，海面波平浪静,白天没有尽头。举目不见任何冰的影子。自从过了贝内特岛所在的纬度线后，我就再也没见到过一块冰。事实上,这里的水温高得绝不允许冰的存在。在杀了最大的一只龟，从而获得了丰富的食物和大量的淡水之后，我们一连平安无事地航行了七八天，在这七八天内我们肯定向南行进了很远一段距离，因为我们不仅始终一帆风顺，而且还有一股强大的海流一直陪着我们流向南方。

3月1日[1]。现在许多异常现象都表明我们正在进入一个新奇的地域。南方地平线上始终绵亘着一长溜高高的淡灰色雾气，其顶端偶尔闪现出几条光带，光带忽而自东向西闪亮，忽而由西向东发光，接着又呈

---

1 由于显而易见的原因，我不敢说这些日期非常精确。我写出日期主要是为了叙述清楚，依据的是我用铅笔所作的记录。——原注

现出一个平展不变的顶端——简而言之，就是具有北极光所具有的所有变化。从我们当时的位置望去，雾团平展的顶端与我们的视点形成一个大约 25° 的仰角。水温似乎在不断增高，水的颜色也有一种非常明显的变化。

3 月 2 日。今天我们一再盘问我们的俘虏，终于知道了有关发生屠杀的那座岛、其岛民以及其风俗的许多情况——可我现在怎么能用这些情况来缠住我的读者呢？不过我也许可以说，我们得知那个群岛共有 8 座岛屿，8 座岛屿都由一名共同的酋长统辖，酋长名叫特萨勒蒙或普萨勒蒙，他住在该群岛中最小的一座岛屿上。那些武士穿的黑色兽皮取自一种巨大的野兽，这种野兽只出没于那位酋长居所附近的一条山谷。那个群岛的居民只会造平底船，那 4 只木筏子是他们偶然从西南方一座大岛弄到手的，也是他们所仅有的 4 只。我们那位俘虏名叫奴奴，他从来不知道贝内特岛。我们离开的那座岛名叫特萨拉尔。特萨勒蒙和特萨拉尔这两个词的首音都带着一种拖长的咝咝声，我们发现这种声音不可能模仿，即便一再努力也难发出，它与我们在山顶上吃的那种黑毛野鸡的啼叫声一模一样。

3 月 3 日。水温现在已高得惊人，水的颜色正在急剧变化。它不再透明，而是具有了一种乳汁的浓度和色泽。紧靠我们周围的海水非常平静，绝不汹涌到危及木筏子的程度。可我们时时惊骇地看到，在我们左右两侧距离不等的远处，海面往往突然大范围地激荡。最后我们注意到，海面激荡之前，南方的雾霭区总会出现一阵强烈的闪光。

3 月 4 日。由于从北方吹来的风明显减弱，我从衣袋里掏出一张白手巾打算加宽我们的风帆。当时奴奴就坐在我身旁，而当白色的亚麻手巾偶然闪在他面前时，他突然发作了一阵痉挛。痉挛之后他就变得茫然呆滞，嘴里一直咕哝着“特克力—力！特克力—力！”。

3 月 5 日。风已经完全停息，但在强大的海流推动下，我们显然还在急速向南行驶。按当时的情形来看，实际上我们应该为正在发生的事感到惊恐才算合乎情理，但我们没有感到惊恐。尽管彼得斯脸上不时露出一种我看不透的表情，却没表现出任何惊恐不安。极地的冬天似乎正在来临，但来得一点不可怕。我觉得身体和头脑都有点麻木，一种感觉上的模糊，但仅此而已。

3 月 6 日。现在灰蒙蒙的雾气又从地平线上升高了许多，并且正在逐渐失去其灰色。海水已变成热水，甚至有点儿烫手。它呈现的乳汁状也比任何时候都更明显。今天海水的一次激荡就发生在离木筏子很近的海面。激荡照旧伴随着雾团顶端一阵强烈的闪光，而且其底端与水面也有瞬息间的分离。当雾团中的闪光消失，当大海的激荡渐渐平静，一种像是火山灰（但肯定不是火山灰）的细细的白粉洒落在木筏子上和辽阔的海面上。奴奴现在捂住脸趴在船底，无论怎样哄劝也不肯起来。

3月7日。今天我们问奴奴，他的同胞屠杀我们的伙伴是出于什么动机，但他看上去吓得太厉害，以致不能神志健全地回答问题。在我们的一再追问下，他只是做出一些傻乎乎的示意动作，譬如用食指掀起他的上嘴唇，露出一口牙齿等等。他的牙是黑色的，在此之前我们还没看见过特萨拉尔岛上居民的牙齿。

3月8日。今天从木筏子旁边漂过一头白兽，就是在特萨拉尔岛海滩上引起那些野蛮人骚动的那种。我本来打算把它捞上木筏子，可当时我突然感到一阵倦怠，因而也就作罢。水温还在上升，现在已烫得不能把手在水里多放一会儿。彼得斯很少说话，我不知道该怎样认为他那种漠然。奴奴还在呼吸，仅此而已。

3月9日。现在那种白色粉末不断洒落在我们周围，而且是大量洒落。南方那团雾气也已经升得很高很高，并且开始呈现出更清晰的轮廓。我只能把它比作一道无边无际的瀑布，正从天上的某堵巨墙悄然滚落进海中。那道巨大的水帘横贯了整个南方地平线。它没发出任何声音。

3月21日。一片冥冥黑暗悬在我们的头顶，但从乳色海水之深处浮现出一片光亮，光亮无声地滑动在木筏子的舷侧。白色的粉末令我们几乎难以忍受，阵雨般的白粉落进水里便融化，却凝在我们身上并堆在木筏子里。那道瀑布的顶端已完全隐入高空的黑暗。可我们显然正在以一种可怕的速度飞快向它驶近。不时可见水帘上裂开一道道宽宽的但转瞬即逝的豁口，豁口中可见有许多朦朦胧胧、飘忽不定的幻影，一阵阵非常猛烈却无声无息的狂风从豁口刮出，风过之处闪光的海面被撕裂。

3月22日。黑暗已大大加深，只有从我们面前那道白色水帘反射的水光才使之有所减退。现在无数苍白的巨鸟不断地从水帘那边飞出，当它们从我们眼前避开时，它们发出的不绝于耳的啼鸣声是“特克力—力！”。趴在船底的奴奴闻声动弹了一下，但当我们摸他时，发现他的灵魂已经离去。而此时我们冲进了那道瀑布的怀抱，一条缝隙豁然裂开来迎接我们。但缝隙当中出现了一个披着裹尸布的人影，其身材远比任何人都高大。那个人影皮肤的颜色洁白如雪。

附记

与皮姆先生最近不幸猝亡有关的详细情况已通过新闻媒介而为公众所知。人们担心本故事尚未发表的最后几章已因为他的猝然弃世而不可挽回地丢失，因为当上文正在排印之时，最后几章文稿还留在他手边校订。不过，情况也许会被证明并非像公众所担心的那样，倘若那些文稿最终失而复得，一定会被尽快公诸世人。

与此同时，可弥补眼下缺陷的每一种办法均已被试过。根据作者在序言中的陈述，他提到过姓名的那位先生也许可以被认为有能力填补这个空白，但那位先生拒绝承担这项任务。他提出了两个言之有理的理由，一是提供给他的细节总体上不够精确，二是他怀疑后一部分的叙述是否完全真实。可望提供一些情况的彼得斯还活着，眼下居住在伊利诺伊州，但我们暂时没法与他取得联系。他以后也许会被找到，而且他肯定愿意提供素材使皮姆先生的故事有一个结尾。

最后两三章（因为只有两三章）要是真正丢失那将更令人遗憾，这不仅因为它们无疑讲述了极点本身的情况，或至少讲到了紧挨着极点的那些区域，而且还因为作者关于这些区域的讲述也许不久就会被正准备前往南极海域的官方考察队证实或否认。

这番叙述中有一点也许值得评说几句，而若是这番评说能在任何程度上有助于读者相信现在发表的这些非常奇特的记录，那这篇附记之作者将感到万分欣慰。我们要评说的是在特萨拉尔岛上发现的那几个深谷，以及第二十三章中的全部图形。

皮姆先生未加评述地画出了那几个深谷的图形，并断然宣称在最东边那个深谷之尽头岩壁上发现的凹痕只不过是在想象中与字母符号相似，总而言之，它们绝不是那种符号。得出这一断言的方式是那么简单明了，而且其证据是那么确凿（即从地上粉尘中发现的一块块碎片之凸角正好与岩壁上的凹痕吻合），以至我们不得不相信作者之严肃认真，凡明智的读者都不该再有别的想法。但是，因为与上述全部图形有关的一些事实显得异乎寻常（尤其是当联系到正文中的陈述时），而且特别是因为这些事实的确未能引起坡先生的注意，所以我们最好就此说上几句。

若严格按那些深谷本身的排列将图 1、图 2、图 3 和图 5 逐一连接起来，再抹去横生的小枝节，或者说抹掉拱洞（必须记住，这些拱洞只是起沟通深谷的作用，其性质与深谷完全不同），这样便构成了古埃塞俄比亚语中的一个根词—— （阴）——单词暗或黑的所有屈折变化之根。

至于图 4 中“左边或最北边”的凹痕，彼得斯的认为有可能是对的，即那组象形文字似的图案真是由人工凿就，是有意凿成的一个人形。图案现在就摆在读者面前，它像不像人形诸位尽可见仁见智，但其余的凹痕则为彼得斯的看法提供了有力的证据。

凹痕上排显然是阿拉伯语根词 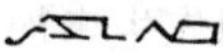（白）——单词亮和白的所有屈折变化之根。下一排凹痕不是那么一目了然。符号多少有点支离破碎，但毋庸置疑，它们完好时所形成的是一个完整的古埃及语字眼 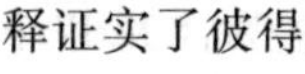（南方之域）。读者应该注意到，这些解释证实了彼得斯关于最北边那组图案的看法，即图中人的手臂伸向南方。

这样的结果为进一步的思索和令人激动的推测展现了一片广阔的天地。也许可以认为这些字母符号与叙述中某些讲得不明不白的事情有关，尽管现在还看不出它们是否属于同一根完整的链条。特萨拉尔岛的土著人在海滩上发现那具白兽尸体时所发出的惊叫声是“特克力—力”，那个被俘的特萨拉尔岛民看见皮姆先生手中的白色织物时所发出的惊恐之声也是“特克力—力”，从南方白雾帘中急速飞出的白色巨鸟所发出的啼鸣声又是“特克力—力”。特萨拉尔岛上没有一种东西是白色，而后来向南航行中所见之物的颜色则正好相反。若进行一番细致的语言学考证，揭示“特萨拉尔”这个岛名的奥秘并非没有可能，它要么与岛上那些深谷本身有某种联系，要么与那些如此神秘地弯曲而成的古埃塞俄比亚语字符有某种渊源。[1]

“我业已将此铭记于群山之中，并把我对尘土的报复镌刻在岩壁上。”

---

1 据爱伦·坡研究专家悉尼·卡普兰（Sidney Kaplan，1913—1993）考证，Tsalal（特萨拉尔）这个岛名源于希伯来语动词“黑”；岛上村名Klock-Klock（克罗克-克罗克）源于希伯来语动词“脏”。